「拜託你了！
收下備用鑰匙吧！」
葉月葵
Aoi Haduki

穗波麥
Mugi Honami
湊在最後用力地一口氣掀起裙子。
白色的可愛緞面內褲就這麼露了出來。
「喔……
妳真的穿了條很猛的內褲呢。」
「沒、沒有吧……」
写真

湊下定決心，開口說道：
「瀨里奈，拜託妳了——讓我上吧！」
「可以喔……讓我們一起來玩吧……」
瀨里奈 瑠伽
Ruka Serina

「怎、怎麼樣？人家這樣子很不錯吧～？」
「請、請不要一直盯著看……」

# 我的女性朋友意外地有求必應 2

Onna Tomodachi ha Tanomeba Igai to Yarasete kureru

鏡遊 Yuu Kagami　插畫 小森くづゆ

Kadokawa Fantastic Novels

# CONTENTS



Onna Tomodachi ha
Tanomeba
Igai to Yarasete kureru

# 序章



「那、那個……你可以轉過頭去嗎？我要穿衣服了……」

瀨里奈瑠伽害羞地這麼說著，一邊用床單遮住了身體。

即使被床單遮住，那副看似柔弱得幾乎要折斷的纖細身軀依然散發著難以言喻的性感。

「好、好的，我知道了。」

湊在困惑中回答道，轉過身去背對著瀨里奈。

瀨里奈在第一次和湊面對面說話的那天，就自己掀起裙子，露出穿在裡面的運動短褲。

從那以後，瀨里奈就一直做出讓人難以置信她只是剛認識的「朋友。」的大膽舉動。

雖然每次都讓湊嚐到不少甜頭就是了……

這裡是湊壽也自己的房間。

房間不算太寬敞，瀨里奈剛才還在操作的筆記型電腦正發出細小的風扇聲。

不過，現在最重要的是——

「嗚嗚，不知為什麼，胸罩就是穿不上去……」

「要我幫妳穿嗎？」

「啊，好的。麻煩你了……」

這樣真的好嗎——湊差點忍不住如此吐槽。

看來已經不用轉過頭去了，湊便回過身望向瀨里奈。

瀨里奈正坐在床上，背對著湊。

湊也上了床，坐到瀨里奈的後面。

「…………」

他不禁吞了口口水，發出咕嘟的聲音。

白色胸罩已經掛上肩膀，只要再扣上扣子就可以了。

沒有胸罩遮掩的後背白皙又光滑，光是用看的就讓人感到十分煽情。

她明明是一位清純的少女，究竟為什麼會散發出如此強烈的性感魅力呢？

「咦？奇怪？」

「不好意思，瀨里奈。與其幫妳穿上胸罩，我比較想脫掉它。」

「咦……？」

瀨里奈驚訝地轉過頭來。

沒有扣上的胸罩正逐漸滑落，她那並不算大卻也不小的乳房幾乎都露了出來。

「那、那個？剛剛不是已經做了那麼多次……還、還要再來一次嗎？」

「是啊……讓這麼漂亮的胸部戴上胸罩實在太可惜了。」

「我、我平時都會戴的。再怎麼說我也是會穿胸罩的……」

瀨里奈最近不僅沒有穿短褲或是安全褲，甚至連運動短褲也沒有穿。

雖然她的制服裙子長度幾乎到膝蓋，但總感覺有些危險。

「不行嗎？我想脫掉胸罩……和瀨里奈再做一次。」

「再、再一次嗎……」

瀨里奈害羞地說著，然後往床上躺了下去。

胸罩幾乎已經完全滑落，不僅是豐滿的曲線，就連其頂點處的粉嫩乳頭也暴露無遺。

「可、可以喔……我們畢竟是朋友嘛。」

瀨里奈雖然滿臉通紅，卻仍露出微笑。

她不但是位清純無比的美少女，還是只要拜託她，就會答應讓自己上的女性朋友——

# 1 女性朋友的請求無法拒絕

Onna Tomodachi ha Tanomeba Igai to Yarasete kureru

「阿湊啊，有件事想拜託你……」

「好啊。」

「人家還沒說內容耶？」

某天放學後——

湊一如往常地揉摸著葉月葵的胸部。

她的性感黑色胸罩已經解開，充滿彈性的柔軟乳房完全暴露在外。

儘管已經品嚐了無數次，那粉紅色的乳頭依然鮮豔水嫩，任他隨意觀賞。

湊將那難以一手掌握的乳房像水球般捧起，然後緊緊抓住，像揉麵團似的搓揉著。

此時的他正充分享受著那無比的柔軟和彈性。

更確切地說，這裡是葉月家的玄關，此時的他還沒有解開葉月的制服，只是脫下她的內褲，匆忙地打了一次炮。

之後，他們便移到葉月的房間進行了第二回合。

這時的他才好好地脫掉葉月的制服外套、開襟毛衣與白襯衫，一邊充分品味著F罩杯胸部，然後**用掉了一個**。

葉月穿著裙子做的模樣實在色情得讓人受不了。

之後，他們便懶懶地躺在床上，讓湊享受著葉月的胸部。

遺憾的是，今天瀨里奈因為家裡有事而來不了。

但即使只有葉月一個人，湊也已經很滿足了。

「葉月都已經讓我做了那麼多事情，我怎麼可能拒絕妳的請求呢？」

「也是啦……呀啊，喂♡別故意捏人家的乳頭啦——」

葉月笑罵了一聲。

「話說回來，那是比胸部還重要的事嗎？」

「有很多事都比胸部還重要吧！」

「是嗎？」

「這、這個男生真的是喔……」

葉月以一副傻眼到極點的眼神看著他。

「這樣啊。那我就暫時先停手吧。」

「啊嗯♡也、也不是說不能一邊玩一邊談啦……」

當湊將手從葉月沉甸甸的胸部上移開時，她顯得有些失望。

當然，湊是打算等談完整件事之後再繼續享受。

「那麼，葉月妳想拜託我什麼事？」

「其實呢……人家想給你我家的備用鑰匙。」

「不行。」

「這和跟剛才說的不一樣！你這不就拒絕人家的拜託了嗎！」

「喔，我不是想說相聲搞笑喔。」

湊一邊將手放在葉月的大腿上一邊解釋。

這只是因為摸胸部會讓他分心，不過撫摸葉月光滑的皮膚可以讓他冷靜下來。

「之前不是說過嗎？我家只住著一個大叔和高中男生，就算葉月用備用鑰匙進來也沒有問題。」

「那也已經有點奇怪就是了……」

雖然葉月嘴上那麼說，但她仍然會毫不客氣地用鑰匙進入湊的家。

當然，她只在湊的父親絕對不會在家的時候來，葉月到現在還沒有和湊的父親碰過面。

「不過葉月的家裡只有妳們母女兩人住吧。雖然說現在也沒必要特別顧慮葉月了，但我也不想當個神經大條到會冒冒失失地闖進兩名女性家中的傢伙。」

「人家對你的神經大不大條這件事很有疑問……唔，不過還是感謝你有這份心。」

哈哈哈——葉月露出苦笑。

其實，就算湊用備用鑰匙進她家，葉月自己應該也不會介意吧。

畢竟他們的關係已經好到可以像今天這樣在玄關激烈地做一回合，湊的顧慮顯得很莫名其妙。

「不過，現在的情況有點變了。」

「情況？葉月，發生了什麼事？沒問題吧？」

「不是什麼大不了的事。只是呢……」

葉月露出有點為難的表情——

「其實我媽媽要長期出差了。」

「長期出差？」

葉月的母親是單親媽媽，一手將女兒撫養長大。

湊之前見過她。

葉月的愛貓小桃逃跑時他見過一次。湊找到小桃之後，她來感謝時又一次。總共只見過兩次面。

那個人不愧是面貌姣好的葉月的母親，她也是一名美女，而且看起來還年輕得像葉月的姊姊。

「那麼，她大概要出差多久？」

「聽說大概會待到年底。」

「『大概』這種說法聽起來不太可靠啊。」

「就是說呀～」

葉月又苦笑了一下。

現在才剛進入十一月，差不多還有將近兩個月的時間。

而且葉月母親的說法聽起來，感覺是「至少兩個月」的意思。

「好像是媽媽上班的公司要和其他公司合併，那個合併的對象在大阪那邊。」

「大阪啊……」

的確不是能通勤上下班的距離。

「媽媽好像必須進駐合併的對象公司喔。」

「進駐這種說法聽起來不像是合併，比較像吸收的感覺……話說回來，葉月阿姨該不會是很高層的人士吧？」

湊從很久以前就這麼覺得了。

這間位於十二樓的屋子價位絕對不便宜。

而葉月雖然沒有打工，但看起來不缺零用錢。

葉月家應該是一個相當富裕的家庭吧。

「不太清楚耶。不過人家有聽說過別人很怕她，都稱她是『會計之鬼』。」

「原來她是當會計的。怎麼她的女兒就這麼不會應付數字呢……」

「囉嗦。媽媽是媽媽，女兒是女兒啦。」

葉月不開心地嘟起嘴巴。

雖然葉月是一位打扮花俏的美少女，但她偶爾也會露出孩子氣的表情，這點相當可愛。

「不過，就算是年底或過完年後她才會回來，這趟出差也挺久的呢。」

「人家讀國中的時候，她出過一次很久的差喔。那次是一個月吧。」

「那也夠久的了～」

對於國中生來說，一個月不能說是很短的時間。

而且葉月沒有兄弟姊妹，所以家裡完全只有她一人。

雖然有些孩子可能會因為父母不在，可以過得自由自在而感到開心。但像她這樣的國中女生不可能完全不感到孤單。

「等出差結束後，我們就搬到這棟公寓來了。」

「喔，原來如此……」

據她所說，葉月家比湊家早一年搬進這棟公寓。

不過，葉月並沒有轉學，看來她和她媽媽應該一直住在這附近。

「那個～阿湊……你別笑人家等一下要說的話喔？」

「嗯？那要看妳說了什麼嘍。」

「討厭，你這個朋友真不體貼。」

葉月瞪了湊一眼，然後輕輕地嘆了口氣。

如果她是女朋友，湊或許會適當地關心一下，但葉月只是朋友。

雖然當朋友最棒的就是能夠隨便地應付對方——

「好啦，好啦。我不會笑妳，妳就快說吧。」

「一開始就該這麼講嘛～該怎麼說呢，就是啊，人家想講一下那個月的事～」

葉月的語氣聽起來有點幼稚，或者該說像是在撒嬌。

感覺她就像變回小孩子似的。

「媽媽不在的時候，人家的情緒真的超差的。晚上待在自己房間會覺得不安，所以每天都睡在客廳。」

「我大概能理解……」

湊從小就是鑰匙兒童，因此非常了解家裡沒人時的不安感。

他也能理解其他房間裡似乎有人的那種感覺。

以前只要晚上時家裡發出聲響，他就會不安地跳起來。

葉月家當時的格局，應該能讓葉月在客廳看到其他房間和走廊的樣子吧。

湊的腦海中浮現出國中時期的葉月躺在客廳地板上，蓋著毛毯的模樣。

那種令人於心不忍的模樣，讓湊很想回到那時候去幫助她。

「然後呢，有次媽媽來探望人家之後，就決定要養小桃了。」

「原來那傢伙是這樣來到葉月家的喔。」

「嗯，正好媽媽的一個朋友說可以把貓送給我們。當然，人家立刻就答應了。」

「我想也是。」

葉月養的貓，小桃現在不在這個房間裡。

那隻貓平時對周圍的事物毫不關心，但葉月的尖銳呻吟聲會嚇到牠，所以葉月把牠趕到房間外面。

「反正小桃很可愛，媽媽晚回家的日子就變得輕鬆多了。」

「但如果要自己看家兩個月，那就另當別論了吧。」

「對對，就是那樣。這次要兩個月，是之前的兩倍耶！就算有小桃在也很會很難過呢！」

葉月突然往前一靠。

她的胸部隨著這個動作輕輕地晃動。

「所以呢，為了以防發生什麼意外，人家先想把備用鑰匙給阿湊。」

「別說那種不吉利的話……」

當然，無論葉月遇到任何危險，湊都會不顧一切趕過去。

從湊家到葉月家，動作快的話一分鐘之內就能趕到。

「妳可以用力敲門或聯絡管理員吧？我們公寓的管理室不是二十四小時都有人在嗎？」

這裡不是有管家服務的高級公寓。

但湊記得公寓管理方對於問題的處理仍然相當細心。

「但是天氣越來越冷，人家也有可能會感冒起不了床。」

「如果遇到那種情況，是沒辦法叫管理員來啦……」

看來最佳方案還是讓湊帶著備用鑰匙，當他感覺葉月有異狀時就能立刻趕過去。

畢竟除了感冒之外，也很難說不會發生無法聯絡上湊的其他狀況。

光是想到有那樣的可能性，葉月應該就很不安吧。

「這樣一來，就算只有小桃和人家在家，一想到阿湊隨時都會趕過來，人家也就放心了。」

「其實我也沒有那麼厲害啦……」

「沒有那回事！」

葉月堅定地如此反駁。

「拜託你了，收下備用鑰匙吧！只要媽媽不在的這兩個月就好！」

「嗯……」

聽到她這樣說，湊也開始感到不安了。

正常速度走過去要兩分鐘，用跑的要一分鐘。

只要想到隨時都能趕過去，還可以用備用鑰匙進門，湊的這種不安或許就會消失了。

現在應該放下無謂的堅持，就當作是幫朋友的忙，為她保管一把備用鑰匙吧。

不對，他要幫不只是朋友。

而是打扮花俏、性格開朗，實際上卻是個很怕寂寞的朋友——

「……乾脆我搬來葉月家住吧。反正我家就在附近，搬家也方便。」

「真的嗎？你真的會搬過來嗎！」

「喂，喂。」

葉月的眼神閃閃發亮，整個身體都貼了過來。

「太、太好啦～」

隨後，葉月像是整個人往床上癱倒似的抱住了湊。

「其實人家原本想那麼拜託你，只是覺得叫人搬過來太厚臉皮了，結果不好意思開口。

啊～真是幫大忙了～」

「…………」

這可能是湊第一次見到葉月如此放鬆，彷彿打從心底鬆了一口氣似的笑容。

其實湊的這個提議本來是半開玩笑……不對，他完全就是在開玩笑。

但現在的氣氛已經無法讓他說出「我是在開玩笑啦」這種話。

既然她這麼高興，現在就算想要收回也不可能了。

「啊，人家會隨便找個藉口跟我媽說的。反正她說過如果有朋友來住我們家，要住多久都可以。這不過就是連續住兩個月而已嘛。」

「……我會老實跟我爸說要去樓上的葉月家住。反正他好像已經知道我常跟葉月在一起玩了，應該不會在意吧……」

「哇，真是個很能理解兒子的爸爸呢。這樣就萬事ＯＫ了。」

葉月猛地坐起身，用閃亮的眼神看著湊。

「不過真是太好了～真的太好了～畢竟也不可能拜託瑠伽搬過來住嘛。」

「那當然是不可能的啦……」

湊和葉月的家庭是特殊案例。

能讓孩子如此自由，但家庭環境並不會很糟糕的狀況是很少見的。

「啊，基本上只要晚上待在我家就可以了。偶爾回自己家也沒關係。要買張折疊床嗎？如果每天都睡在人家的床上會很擠吧。不過折疊床可能會不好睡。還是要打地鋪？家裡應該有一套棉被可以用。」

「別、別那麼用力貼過來啦。用睡袋或者睡客廳的沙發我都可以接受就是了。」

「不睡在同一個房間就沒意義了吧！」

「妳自己不也是跟媽媽睡在不同房間嗎！」

「是、是那樣說沒錯啦……」

葉月的房間有床、茶几、梳妝台等家具，看起來意外地很有女孩子味。

房間裡還有幾個布偶，角落也堆著一些時尚雜誌。

即使如此，看起來還是有空間能勉強讓一個人在地板上睡——

「不過如果每天都跟別人住在同一個房間，絕對會悶得受不了的。人都需要有獨處的時間。」

「喔……也是啦，就像阿湊在爸爸不在家的時候會回家叫瑠伽過去玩吧。」

「對對，還是在自己的床上盡情享受瀨里奈的苗條身材——不是啦！我的意思是葉月的房間沒有很大，我們最好別一直待在一起。」

「是這樣嗎？但又不能用媽媽的房間。我家是兩房一廳喔？」

「我家也是啊。我不是要妳多準備一個房間啦。」

湊把手輕輕放在葉月的頭上。

「既然有棉被，我就在客廳打地舖吧。」

「……真的不需要一起睡嗎？真的嗎？」

「我的意思是不要每天都睡在一起，偶爾也該分開睡。」

「這、這樣啊……」

葉月的臉紅了起來。

雖然湊已經不知道拜託她讓自己上了多少次，她卻還是會害羞。這點很符合葉月的性格。

「而且我還是可以在葉月的房間裡玩啊，之後再到客廳睡覺就行了。」

「喔～你打算做完之後馬上就跑掉，一個人倒頭大睡呀。」

「別說得那麼難聽！但是妳想想看嘛……如果一直待在葉月的房間，我絕對會一直想做吧。看到妳就在旁邊，我怎麼可能睡得著。」

「人、人家可沒答應讓你隨時都能做吧。雖然你想怎麼做都可以啦……」

湊在心裡吐槽：竟然可以喔？

但如果湊真的住在葉月的房間，兩人毫無疑問都會因此睡眠不足。

「至少我們不能每天都睡在同一個房間。反正我睡客廳也完全沒問題。」

「阿、阿湊覺得沒問題的話就好。人……人家只要知道阿湊待在客廳，那就放心了。」

「好，就這麼辦吧。」

當然，湊打算每天想拜託葉月讓他上。

但是，他仍然得尊重雙方的隱私。而且為了健康著想，睡眠環境的舒適度也是很重要的。

「那麼就這麼決定嘍。」

「啊，對了。阿姨是從什麼時候開始出差？」

「……呃，她已經走了。應該說她就是今天走的？」

「喂，妳要早點講啊！」

看來湊從今天開始就得住下來了。

「因、因為人家剛開始只是打算給你鑰匙而已。沒想到卻讓人家拿到這麼大的好處。」

「什麼好處不好處的。」

像葉月這樣高水準的美少女，應該有很多男人都想住在她家。

真要說起來，這應該是又一次讓湊拿到好處的情況。

「說起來，開口請別人收下鑰匙也需要很大的勇氣耶！你都拒絕了好幾次，人家還以為你最後還是會拒絕！」

「妳明明是個社交咖，卻意外地有點消極呢，葉月。」

「囉嗦。不管是社交咖還是邊緣人，女孩子的情感都是很纖細的啦。那麼……就從今天開始嗎？」

葉月抬起眼睛望了過來。

而且從這個角度還能窺見豐滿的胸部和可愛的粉紅色乳頭。

試問有哪個男人可以抵擋這種眼神和胸部的組合技呢？

至少，湊除了全面投降之外別無選擇。

「好啊，我先去拿換洗衣物和最基本的必需品再過來。」

「嗯，那就這樣吧。」

雖然葉月的情緒從剛才開始就有些不穩定，但看來她真的很高興湊要和自己同住。

「嗯？我們這樣……算是同住嗎？」

「你是想說同居？」

「我們又不是在交往。」

「啊，嗯。對呀。」

湊和葉月現在仍然只是朋友關係。

即使雙方在床上坦誠相見，這也只是朋友之間的遊戲。葉月只是應湊的拜託，讓他上自己。

湊從未改變過這一點的認知。

「還是叫合租？不對，『寄宿』這個詞應該最貼切吧。」

「叫什麼都無所謂啦。啊～一想到要和阿湊一起住，人家就放心了～」

葉月噗通一聲躺在床上。

看來是放心過頭，連力氣都放掉了。

上半身F罩杯的胸部一覽無遺，裙子也輕輕掀起了一角。

看著裙子底下的白皙大腿——湊不禁吞了口口水。

「那個……葉月……」

「咦，你、你還要喔？」

「等到做完之後我再回家一趟。」

「這、這樣啊……真拿你沒辦法。既然你答應了人家的拜託，這次輪到人家聽你的了。

那麼……再來兩次左右也可以喔。」

「呃……**那個**只剩下一個了吧？」

「……是沒錯。」

葉月瞥了一眼枕邊的那個薄薄的小盒子。

「還有一盒新的。但是——」

葉月坐起身，輕輕地吻了湊一下。

「用完一盒之後……先不開新的可以喔。」

「這、這樣啊……」

也就是說，似乎可以在不戴的情況下做一次。

「看是要用胸部或者嘴巴，隨便你喜歡哪邊……都可以喔♡新的那盒等到晚上……再開吧？」

「那就……這樣吧。」

湊一邊點頭，心中一邊想著。

從今晚開始，這個家裡就只有他們兩個人。

看來應該多準備一些那個的存貨了。

「那麼……從今天開始就請你多多指教嘍，阿湊。」

「……我該說承蒙關照嗎？」

「哈哈，是人家拜託你的嘛。應該是人家受你關照才對。」

「嗯，那我們就輕鬆點吧。」

「對啊。畢竟我們是朋友嘛……」

葉月緊緊地抱住了湊。

湊也抱著葉月柔軟身軀，心裡則有股預感。

就像瀨里奈瑠伽加入他們的關係一樣。

這段和女性朋友的歡樂時光，也許又將出現什麼變化也說不定。

# 2 第二位女性朋友大吃一驚

「嗯……喔，早啊，阿湊。」
「咦……啊，對喔。」
湊被身旁傳來的聲音稍微嚇了一跳。
然後他環顧四周，又嚇了一跳。
「這裡是葉月的家嘛………」
「真是的～阿湊你真難叫醒。嗯，啾♡」
葉月微微探出身體，吻上湊的唇。
兩人品嚐著甜美的唇瓣，輕輕交纏著舌頭——
「嗯……怎麼樣，醒了嗎？」
「……還沒……吧。」
「你這人喔～有這麼可愛的女孩給你早安吻耶，沒幾個高中生能有這樣的享受喔？」
「光是一個吻可能還不夠喔。」
「笨、笨蛋！」

葉月紅著臉輕捏了一下湊的臉頰。一點也不痛。

葉月此時正穿著小可愛，肩帶鬆垮垮地從肩上滑落。

那胸前的乳溝清晰可見，沒穿胸罩的胸部彷彿隨時呼之欲出。

「話說回來喔，我不是睡在客廳嗎？」

湊他們人在葉月的房間裡。

兩人緊挨著彼此，躺在單人床上。

「喂，你忘了喔？」

「我回想一下……昨天我突然開始住在葉月家………」

「不用回想得那麼遠。你原本在客廳地板上鋪好床，但半夜還是跑到人家的房間了啦。」

「啊……」

記憶逐漸回到湊睡迷糊的腦袋裡。

葉月的母親最近要出差兩個月，為了感到不安的朋友，湊決定住下來。

湊拿了備用鑰匙，帶著基本的換洗衣物來到葉月家。

雖然湊經常去葉月家玩，但要長時間住在那裡還是讓他有點緊張。

畢竟即使瀨里奈偶爾會住在湊家，湊和葉月也很少互相在對方家過夜。

他們住在同一棟公寓的不同樓層，走路兩分鐘就到。與其特地住下來，還不如回家好好睡覺。

況且雙方家裡都有父母在，也不方便頻繁外宿。

葉月偶爾會住在湊家，不過湊住在葉月家還是頭一遭。

「我感覺有點緊張耶。對了，昨天晚餐又是吃速食……」

「只有味噌湯是湊你親手做的呢。很好喝喔♡」

「跟葉月的胸部比起來，那味道也不算什麼啦。」

「別拿胸部比啦。話說乳頭嚐起來是甜的也是你的錯覺啦，是錯覺。」

葉月羞紅了臉，這次她輕輕地給了湊一記手刀。

「是嗎？我覺得這裡真的很好吃耶。」

「啊嗯♡別、別一大早就開始啦♡」

湊從胸口處將手伸進小可愛，輕輕摳弄乳頭，讓葉月發出像是被搔癢的嬌聲。

「我想想……洗完澡後，我玩了一下傳說英雄……」

除了隨身物品外，湊還帶了筆記型電腦。

身為一名遊戲玩家，他無法忍受無法玩遊戲的環境。

「然後葉月拿出棉被，我就在客廳睡著了。不是這樣嗎？」

「別在這裡結束記憶啦！人家都已經說了『晚安』，結果不久後你就來到房間，然後說……說要跟人家做吧？」

「啊，對喔。我本來只是想看一下狀況，結果就順便……」

「順便個頭啦。因為是第一天，人家還以為你什麼都不會做……」

「可是葉月的門是開著的，我還以為妳在等我。」

「還、還不是因為你說要睡在客廳！如果不開著門，人家會害怕嘛！」

「而且妳上面只穿小可愛，下面只有內褲，在床上翻來覆去的。看到那種樣子，我當然……會想做啊。」

「人、人家在家裡就是這麼穿的！不管夏天還是冬天幾乎都穿成這樣！」

「喔……」

看來葉月睡覺時會像這樣只穿一件小可愛。

雖然現在已經是十一月，天氣很冷，但葉月家裡總是開著空調，所以看來沒問題。

「人家一直覺得有點靜不下來，就拿手機來看。然後你就來了。」

「我一過來時，妳的表情可是立刻就亮了起來喔。」

「才、才沒有……！真是的，有什麼關係！反正都已經讓你做了，你還有什麼意見？」

「嗯，嗯……昨晚的葉月真的很積極呢。」

「是、是嗎……給你想起不該想起的事了……」

葉月不滿地鼓起了臉頰。

接著，她輕輕地吻了上來。

「有什麼關係嘛……看來分開睡還是會讓人不安。人家還擔心做完之後阿湊會不會回到客廳去……」

「妳是為了留住我，才那麼激情嗎？」

「什、什麼激情啊？」

「妳騎在我上面，胸部晃來晃去的，做完後又立刻含住，緊緊抱著我不放，還把胸部直接壓在我身上，真是讓人爽到不行啊。」

「笨、笨蛋！別一直說胸部胸部啦。」

「哎呀，不管看幾次，F——不對，現在是G罩杯了吧，真的很讚呢……」

直到不久前，葉月還是F罩杯，但現在看來她已經更大了。

這不是誇張，看起來她的尺寸確實可以自稱G罩杯了。

「別、別說什麼G罩杯……不、不過……人家覺得只要做到讓你累倒，你就會乖乖地睡在人家的床上吧～」

「看來葉月的計畫得逞了呢……反正很舒服就是了。」

「對、對啊，阿湊不也是很想做嘛！人家一說不用戴也行，真的就好幾次都……哇啊，這個從昨天到現在一個都沒少。明明做了那麼多次……」

「我記得一次都沒用過吧……既然有在記次數的葉月這麼說，那就是真的了。」

葉月床頭上的枕頭邊放著之前那個薄薄的小盒子，盒子是打開的。

雖然事前做了準備，但看來他們沒有用過。

「但、但應該——沒有真的射在裡面吧，大部分都是在外面。」

「還、還有用胸部和嘴巴做了幾次……討厭，明明已經洗過澡，結果人家後來又得沖一次澡。」

「嗯？我沒注意到耶。」

「還不是因為如果人家和湊一起洗澡，根本會分不清是在洗還是在弄髒。你洗一洗就會說『想要了』，然後撲過來。平時還好，但昨晚人家只想快點洗完睡覺……」

「是、是啊。」

昨天因為湊剛搬過來忙得不可開交，兩人都是草草地洗了個澡。

從今天開始——應該每天都能一起洗了。

就算不是這樣，湊也經常和葉月或瀨里奈一起洗澡，或者和兩人一起洗。

雖然能過著每天和光鮮亮麗的辣妹、清純的大小姐一起洗澡的幸福生活聽起來難以置信，但這絕對是現實。

「如看到G罩杯的胸部在明亮的浴室裡晃來晃去，我當然會想要揉揉看嘍。而且一旦到了那種地步，就會一定得做到最後——對吧？」

「聽、聽到你說要洗胸部和屁股，然後被你又揉又摸的，人家就覺得——讓、讓你做也沒關係了。」

「……話說回來，我們一大早在瞎扯什麼啊？」

「就、就是說呀。起床吧。嗯♡」

葉月輕輕一吻，下了床鋪。

她將奶茶色長髮隨意地綁在腦後。

可能是因為昨晚太激烈，讓她的頭髮有點凌亂。

可以看到從小可愛的下襬窺見白色的內褲和纖細的大腿。

那種不設防的模樣逗得湊的慾望泉湧而出——

「欸，葉月。」

「嗯？啊……喂、喂………」

湊也下了床，抱住了葉月纖細的腰。

「……討厭♡平時都是人家早上去湊的家，然後做一次的說。」

「是啊，如果住在一起，應該就有做兩次的時間了。」

「嗯、嗯……你住在這裡的時候，早上……可以做兩次喔。」

葉月也抱住了湊，又親了過來。

這麼不設防的女性朋友也太可愛了，讓人無法抗拒。

湊緊緊地抱著葉月，掀起她的小可愛。

沒有穿胸罩的G罩杯胸部就這麼彈了出來，粉紅色的可愛乳頭也探出了頭。

「嗯……♡再親人家♡」

湊立刻激烈地揉捏胸部，並且回應葉月的要求，壓上雙唇，吸吮著她的舌頭，徹底品嚐那股滋味。

湊心想著，兩次真的夠嗎？他已經沒有自信可以控制自己了。

「咦？湊同學、葵同學！你、你們同居了？」

瀨里奈瑠伽吃驚地張大眼睛。

午休時間——

湊和瀨里奈在學校偏僻的空教室裡。

「不是同居啦，是住在一起。不過，學校有好多像這樣的空教室呢。應該是因為以前學生比現在多很多吧。」

「是的啊，因為少子化，班級的數量本身就減少了。我偶爾會幫學生會做事，就會用這間空教室。畢竟在教室裡會分心，學生會辦公室又經常擠滿了幹部。」

「竟然能獲准獨自使用一間空教室，資優生就是不一樣呢。」

湊不禁再次感到佩服。

瀨里奈成績優秀，品行端正，老師們也很喜歡她。

她認識學生會會計，似乎是透過那位朋友，讓她偶爾會被分配一些學生會的工作。

不過她其實原本就被學生會招募為幹部，但她拒絕了，只是偶爾幫忙做些事情。

瀨里奈之所以沒有成為幹部，是因為她不喜歡待在學生會那種引人注目的地方。而她之所以願意無私地幫忙做這些沒有好處的工作──

瀨里奈果然是個無可救藥的濫好人──湊心中這麼想著。

這間空教室幾乎可以稱為「學生會第二辦公室」。

教室角落堆著好幾個紙箱，裡面放著學生會的舊資料和備品。

並非正式幹部的瀨里奈似乎從以前就在這間空教室工作。

順帶一提，湊也借用了備品中的筆記型電腦來幫忙輸入資料。

「這些工作真複雜呢。應該只有資優生才會被委託這些事吧。」

「我才不是什麼資優生……啊，不對啦！我們在談湊同學和葵同學同居的事情！這麼隨便就帶過去會讓我很傷腦筋的！」

「這應該沒什麼讓瀨里奈傷腦筋的地方吧。而且就說不是同居，是……嗯，寄宿？就像進駐的保全那樣。」

「如果要當護衛，我可能比湊同學還要強吧？」

「……妳應該比較強吧。」

湊想起了被瀨里奈輕輕鬆鬆摔出去的經驗。

瀨里奈說那只是「簡單的防身術」，但能將體格占優勢的湊摔出去，代表她大概正式地學過那類技術。

「不過，如果沒有像我這樣的人在，她八成會感到不安吧。我覺得葉月那傢伙有點太膽小了……雖然說只有女孩子和貓在家，會感到不安也是可以理解的。」

「不管葵同學以後要升學還是就業，似乎都不太可能一個人住呢。」

「應該沒辦法吧。」

湊無法忘記那晚去葉月房間時，她那張開心的臉。

她心中對母親不在家的不安感一定很強烈。

其實昨晚的葉月就瘋狂地抱住湊，讓他盡情享受了那具完美的身體。

以那種怕寂寞的個性，基本上是不可能一個人住的。

「啊，處理好了。」

「好快！我們做的明明是差不多的工作……」

湊只完成了大約一半的進度。

他對用電腦處理事務還算有自信，卻完全比不上瀨里奈。

「啊，沒關係的，這不是急著要完成的工作。之後再做也行。」

瀨里奈溫柔地安慰進度較慢的湊。

雖然看似清純的瀨里奈個性有點古怪，但她的善良是無庸置疑的。

看著她那溫柔的笑容，湊則是——

「下次再做也行嗎？那麼瀨里奈已經完成的話……要不要過來這邊？」

「……好、好啊……」

瀨里奈臉變得紅通通的，站起身來走到湊的旁邊。

當湊推開桌子，瀨里奈便坐到了他的大腿上。

「呀啊，已經這麼硬了……♡」

瀨里奈的屁股碰到了湊的下面。

她似乎感覺到了什麼異物。

「因為瀨里奈太可愛了，我就不禁……」

「我、我才沒有那麼……葵同學比我可愛多了。」

她並不是在自謙，是真心這麼想的。瀨里奈這位少女的性格就是如此。

長長的黑髮，透明感十足的端正臉龐。

即使穿著米白色的制服毛衣，也能看出她那身材有多麼苗條。

雖然她覺得自己的D罩杯胸部小，但其實已經相當豐滿了。

「但是，如果和葵同學住兩個月……**消耗量**會很驚人吧……」

「妳不用擔心那個減少的速度啦。」

「啊，嗯……♡」

湊隔著毛衣，揉捏瀨里奈可愛的胸部。

瀨里奈也回應了湊，用屁股摩擦著那裡。

「反正我還不需要嘛……」

「不過……只要妳讓我用嘴巴，就已經很棒了。」

「嗯嗯♡湊同學，你喜歡我的嘴巴對吧……嗯，啾♡」

瀨里奈騎在湊的大腿上，轉過頭來與他的唇緊密相貼。

那唇瓣的甜美與葉月有所不同，令人無法抗拒。

「雖然我偶爾也會射在肚子或屁股上，但是和瀨里奈做的時候，最後用嘴巴的次數特別多呢。」

說到底，湊和瀨里奈還沒有越過那條線。

所以，像葉月那樣不戴套做到最後——是不可能的。

「是不是因為我的胸部小……不會讓你想要像和葵同學做的時候那樣射在胸部上？」

「不、不是啦……話說，瀨里奈不是很想要我射在嘴裡嗎？而且還……直接吞下去……」

「那、那是因為……射在肚子上沒什麼感覺……還不如直接在嘴巴裡……」

「雖然我覺得射在嘴裡也很舒服就是了。」

「謝、謝謝……如果不嫌棄我的嘴……隨時都可以用。」

「不不，該道謝的是我才對。畢竟是我拜託妳做這種事。」
湊捧起D罩杯的胸部，揉了幾下。
每當這麼做的時候，瀨里奈都會發出可愛的聲音。
這位湊交到的第二個女性朋友，對湊幾乎是有求必應。
讓人感到不可思議的事，即使湊如此充分享受了瀨里奈的身體，他們卻還是沒有越過那條線。
「我想看看妳的內褲。」
「呃……今、今天我穿的特別樸素喔？」
「那我就更期待了。來，過來這邊。」
「好、好的……打擾了……」
湊把筆記型電腦挪開，瀨里奈就坐在桌上。
「抱歉，這個姿勢不太文雅……請、請看吧♡」
「哇……這件內褲雖然樸素也很可愛呢。」
當瀨里奈掀起略長的裙子時，一條前面點綴著粉紅色蝴蝶結的白色內褲就隨之現身。
清純的瀨里奈果然最適合白色。
「你、你那麼用力地看著我，會讓……呀♡」
「啊……這裡是天堂嗎？」

「你……你那樣把臉埋進裙子裡……啊，鼻子碰到那裡了♡」

湊忍不住把臉埋進裙子裡，近距離欣賞起瀨里奈的白色內褲。

即使在昏暗的光線中，那件白色內褲看起來也彷彿閃閃發光，耀眼非常。

能夠零距離欣賞如此清純美少女的內褲的人，就只有自己了。

雖然是拜託女性朋友，得到她的允許才能這麼做，但這實在是太棒了。

「讓我再看一下吧。」

「好、好的……盡量看……呀，內褲被挪開了……啊嗯♡」

湊在裙子裡惡作劇一番後——

「那、那個……關於葵同學的事……」

「嗯?可以啊，如果瀨里奈偶爾也去過夜，那傢伙應該會比較安心吧。」

「好、好的……我會盡量過去……湊同學也會在吧？」

「如果有瀨里奈在，少了我也沒關係……不過機會難得嘛。」

「是、是啊，既然機會難得，那就三個人一起過夜吧♡」

湊喜歡分別和葉月或瀨里奈各自玩，但如果能三人一起玩，那就更棒了。

雖然上次住在童話樂園——住在童話時和葉月有過一段嚴肅的場面，但他還是玩得很開心。

白天享受遊樂設施，晚上和兩位美少女一起泡澡，然後在床上享受瀨里奈的胸部和內褲，再和葉月做到最後。

湊在好幾個小時的時間裡仔細探索了兩人的身體——

有著美味G罩杯胸部的辣妹葉月，以及清純又身材苗條的良家千金瀨里奈。

先不論哪一邊比較好，能和兩人一起玩樂就是很棒的事。

「不過……啊……你、你的呼吸碰到那裡了……♡」

「不過什麼？」

「呃，呃……就算有湊同學，葵同學一個人在家應該也不太好過呢……」

「是啊。畢竟我就只是當晚上的護衛而已。」

湊他們居住的公寓的保全還挺嚴密的。

小偷之類的壞人很難入侵，湊應該不會有需要挺身保護葉月的機會。

葉月不太會遭遇物理層面上的危險——

但如果能讓葉月在心理上感到安心，那就夠了。

「不過我還是想要『三個人』一起玩呢。瀨里奈在的話——」

「欸——小瑠伽，可以打擾一下嗎？」

空教室的門突然被打開了。

「…………！」

「呀……！」

湊慌張地將頭從瀨里奈的裙子裡抽出來，但已經太遲了。

瀨里奈也緊急壓住裙子，但同樣為時已晚。

「呃，是小瑠伽和……小湊？」

「小、小湊？」

出現在空教室的女學生——

湊認識她。

「穗、穗波……」

沒錯，就是穗波麥。

與湊、葉月、瀨里奈同班的女學生。

同時也是葉月的社交咖團體中的一員。

她的打扮在那群人中尤其顯眼，染成金色的頭髮和褐色皮膚，而且裙子還特別短。

雖然這位辣妹的外貌太過強烈，但為人很爽快，湊之前也曾請她幫忙辦過一點小事。

只不過，湊不記得自己什麼時候和她的關係好到能被她稱作「小湊」。

看來穗波為人的爽快程度遠超湊的想像，只是他沒有發現到罷了。

「喔，竟然還鑽進裙子裡呀……」

「………」

看來，她已經徹底目睹了那個決定性的場景。

湊的心跳加速，偷偷瞥了瀨里奈一眼。

平時一副悠悠哉哉樣子的瀨里奈看來也明白了狀況，渾身冷汗直流。

「你們兩個在做很有趣的事呢。沒想到小瑠伽意外地……也不算意外，畢竟妳本來就少根筋嘛。」

「少、少根筋？我、我嗎？」

瀨里奈瑠伽是個百分之百的少根筋人物，然而她本人並沒有自覺。

「不、不對啦，重點是……這、這只是朋友之間在玩遊戲。我和湊同學只是朋友。世上也是有這種在一起玩的關係！」

「妳就是這樣才被稱作少根筋啦。」

「………」

湊完全同意穗波的說法，但現在的情況讓他很難插嘴。

先不管瀨里奈的解釋如何，他們此時被看到了一個非常尷尬的場面。

為了避免誤會，湊必須想辦法向穗波解釋，請她保守這個祕密。

但是該如何解釋呢——湊此時慌張過頭，腦袋變得一片空白。

「玩遊戲。這樣啊，玩遊戲喔。那麼——」

穗波一步步走向湊和瀨里奈。

她那短過頭的裙子搖曳擺盪，褐色的大腿幾乎全露了出來。

湊不由自主地望向那雙大腿——

「欸，小湊，小瑠伽。」

「什、什麼事？喂、喂，妳在做什麼——」

穗波將那條過短的裙子掀得更高，幾乎要露出內褲——

「那個遊戲……讓我也來參一腳吧♡」

「那就先讓我看看妳的內褲吧。」

「小湊，你冷靜得也太快了吧！」

原本掛著挑逗笑容的穗波瞬間露出驚訝的表情。

習慣和可愛女孩子玩的湊已經不會再被美少女牽著鼻子走了。

這是湊自己也沒有察覺到的成長。

「被、被發現了？」

葉月驚訝地叫了出來。

放學後，在葉月家的客廳——

「今天午休時發生了那樣的事？而且還是被小麥發現？為什麼偏偏是小麥啊？」

「不知道……我那個時候也是很混亂。」

為什麼穗波麥會出現在那間空教室。

湊也不知道箇中緣由——更確切地說，他當時太過慌亂而來不及吐槽。

葉月會感到驚訝也是理所當然的。畢竟對她來說，小麥是同屬一個團體的伙伴，是非常親密的朋友。

「算了，小麥本來就是個會到處亂晃、坐不住的傢伙……話說回來，你們在學校胡搞什麼啊？」

葉月半瞇著眼，盯著湊和瀨里奈。

「哎呀，都是因為瀨里奈讓我看著看著心癢癢的，就忍不住想要請她幫忙……」

「既然被湊同學拜託，我也不好拒絕……畢竟我們是朋友嘛。」
「那麼，我可以再親妳一下嗎？」
「好、好啊……請隨便親……嗯、嗯唔♡」
「你們在這裡搞什麼啦……等一下，現在應該輪到親人家了吧……嗯，啾♡」
「好、好的……不好意思。」
湊坐在客廳的沙發上，旁邊坐著葉月。
而瀨里奈則坐在另一邊，把湊夾在中間。
兩位女性朋友正貪婪地品嚐著湊的雙唇。
「那個……湊同學把臉埋進我的裙子裡的時候，她就突然出現了……」
「根本就是當場抓包嘛。嗯、啾、嗯嗯……♡」
「我本來以為那個空教室不會有人來嘛。」
「笨蛋～在學校竟然這麼不注意……嗯♡」
葉月一邊罵著湊，一邊用舌頭舔著他的嘴唇。
「那麼……湊，你就要小麥給你看內褲了？」
「怎麼可能。我只是隨口說說而已。」
湊將葉月拉向自己，不斷品嚐著她的唇，發出啾啵啾啵的聲音。
「嗯嗯……那種話本來就不應該隨便說出口啦。這個男人真是的。」

「竟然要求不是朋友的女孩子給自己看內褲，未免太過分了吧？」

「是啊……不過我和葵都是湊同學的朋友，所以內褲……可以隨你看就是了。」

「……這話聽起來有點奇怪，不過算了。」

葉月疑惑地歪了歪腦袋，接著繼續吻著湊。

「我和穗波同學頂多是和葉月那群人一起玩的時候認識的關係。說她是朋友就太厚臉皮了。」

雖然湊是在接觸穗波後才問出葉月的過去，不過這件事暫時還是對瀨里奈保密吧。

即使那不是什麼需要隱瞞的大事，但葉月的過去也不是隨便就能告訴別人的。

「不過，瀨里奈。原來妳也認識穗波呀？」

「是、是的……」

瀨里奈親了湊一下之後，坐到他的大腿上。

她那有點長的裙子覆蓋的苗條柔嫩大腿碰到了湊的腳。

「我們是同一所國中的，上高中之後也有幾次在葵同學的團體裡一起玩──」

「喔，原來如此。」

湊抱著瀨里奈纖纖細腰，點了點頭。

葉月和瀨里奈讀的是同一所國中，穗波也一樣。

因此瀨里奈和穗波認識對方也是理所當然的。

「葉月和瀨里奈的類型差太多了，有時候都快忘記妳們是同校的。」
「這跟類型有什麼關係，只要學力夠就能進同一間高中吧。」
葉月將她那G罩杯的胸部緊壓在湊的胸膛上。
即使隔著粉紅色的開襟毛衣和胸罩，那暴力級的尺寸與柔軟的觸感還是傳了過來。
雖然湊很想立刻解開她的衣服，將頭埋進她的胸口——
但畢竟大家還在聊天，他只好先用親吻和緊貼的觸感忍耐一下。
「同校是一回事，不過穗波怎麼會出現在那裡？」
「她好像有事找我。從以前開始，即使沒什麼特別的事，她偶爾也會纏上我——不對，是找我搭話。我可能有跟她提過自己有時會在空教室裡處理事情……」
「沒想到就因為穗波同學一時的心血來潮，讓我們被發現了……運氣真差。」
「就說不是運氣的問題，是你們太大意了啦。真是的！」
「哇啊！」
葉月一邊吻著湊，一邊輕輕地咬了一口他的嘴唇。
不過她只是輕咬而已，感覺反而挺舒服的。
「知、知道了啦。以後在學校裡要鑽進瀨里奈的裙子底下時，我會小心一點的。」
「也就是沒有不鑽裙子的選項嗎？」
「要我和瀨里奈獨處時不看她的內褲，這也太強人所難了吧。」

「就、就是說呀。湊同學根本不可能忍得住。」

「瑠伽，你是在寵阿湊還是在損他啊？」

葉月無奈地說著，接著又舔了舔她剛才咬過的湊的嘴唇——

然後嘆了口氣。

「小麥是人家的朋友，國中時也和瑠伽同校。幸好是被她看到。」

「沒問題啦沒問題啦……咦，等一下。」

湊在對葉月和瀨里奈各親了一下之後——

「怎麼了，阿湊？」

「瀨里奈的成績明明那麼好，為什麼會來我們這種程度的學校？」

「咦？」

瀨里奈一邊把大腿壓在湊身上，一邊困惑地看著他。

「先不說我，妳會和葉月和讀同一間學校，聽起來很奇怪耶。」

「喂喂，下次人家可要咬你的舌頭喔。」

「好恐怖！」

葉月用雙唇夾著湊的舌頭，細細地品味著。

「喂、喂，這樣我講不了話……呼……」

「好啦，這次就饒了你，不咬舌頭了。那麼阿湊，繼續說下去吧？」

「好、好的。以瀨里奈的程度，應該可以去分數更高的學校吧？」

「不……」

瀨里奈搖了搖頭。

「我並沒有特別想要去好學校……感覺父母他們也認為我沒有必要勉強自己讀書。」

「喔……」

該不會瀨里奈的父母有「女子無才便是德」這種過時的想法？

比較可能只是不想讓孩子太勉強自己吧。

再說了，無論瀨里奈讀哪所高中，都能自主地用功讀書，進入自己喜歡的大學。

「反正～我們學校離家近，環境悠閒，治安也很好嘛。」

「是啊，然後我也……啊嗯♡」

湊輕輕舔過她的脖子，讓瀨里奈嬌喘了一聲。

「啊，不行。再這樣下去，話會說不完。」

湊最後再次吻了葉月和瀨里奈各一次後，便要兩人坐遠一點。

「不過在那之前，湊同學——」

「是啊，得讓湊冷靜下來，可以好好說話才行呢。」

瀨里奈話中有話地說道，葉月也點了點頭，然後兩人便滑下沙發。

「喂、喂，妳們兩個要一起來……」

「讓我們兩個一起來弄你吧♡」

「請你……用我和葵同學兩個人的嘴吧♡」

接著湊就坐在沙發上，在兩位女性朋友的嘴裡——

在充分地享受過後，湊呼了一下。

「呼……真是太棒了。」

「當然啦。等等，人家去漱一下口，不然不方便接吻。」

「啊，我也要。湊同學，我們漱過口後再來親親吧。」

於是兩人去了洗手間漱了一下口。

不過其實湊並不介意做完後直接和葉月與瀨里奈接吻。

「呼……總之呢，現在要想想該怎麼處理穗波同學的事情。」

「人家剛才也說了，還好發現的是小麥。如果是那傢伙，應該不用擔心她會到處宣揚阿湊和瑠伽的事。」

「是啊，畢竟穗波同學本來就和老師們有距離……」

「那倒是真的。」

湊他們就讀的室宮高中校規相當寬鬆。

像是葉月的棕髮完全不成問題。就算不是辣妹，也有很多女生染髮。

不過——

「穗波同學的打扮在葉月的團體裡也是相當誇張的。」
「國中時還沒有那麼誇張到那種程度啦。那時她的頭髮顏色和人家差不多。」
「她本來膚色就比較深嘛。而且國中時她是游泳社的，皮膚曬得更黑。現在膚色稍微淡了一些。」
「這樣啊，她不是去日曬沙龍曬黑的喔？」
湊曾聽說過，以前有很多辣妹喜歡刻意曬黑。
他本來以為穗波是出於興趣而曬黑的。
現在想想，穗波的褐色皮膚看起來很健康，並不像是刻意曬黑的樣子。
不過，那個樣子實在是太過顯眼了。
如果靠近教師辦公室，絕對會被老師挑剔個一兩句。
「小麥經常躲著老師。就算不是這樣，她也不是那種會告密的人。」
「這點我知道。」
葉月團體的成員中，不太可能有會做出那種陰險行為的人。
湊認為葉月很有看人的眼光。
也許是過去在朋友關係上發生過一些事，讓她在選擇朋友時特別謹慎吧。
雖然因為湊也是葉月的朋友，不太好開口點出這點。
「總之先總結一下——被小麥看到算是不幸中的大幸。她不會到處宣揚，絕對不會告訴老師，當然也不會拿這件事來威脅我們。但是呢，阿湊、瑠伽，你們以後要小心一點。」

「我、我知道了。」

「好的……真的很抱歉。」

湊和瀨里奈紛紛露出喪氣的表情。

畢竟湊和瀨里奈確實有些大意了，讓他們無法提出反駁。

「話說回來，阿湊、瑠伽。你們在學校裡做得太過頭了……人家在學校裡從來沒有那樣做過耶……」

「如果葉月去幫忙學生會的忙會很不自然吧。」

「嗚……！」

「而且葵同學在學校的時候也經常和其他朋友在一起……」

「嗚嗚……但、但是阿湊和瑠伽也有其他的朋友不是嗎？你們兩個最近常常在一起，別人可能會覺得很奇怪喔。」

葉月半瞇著眼瞪著湊他們。

「我的那些朋友不管誰在不在都不太會在意啦。」

「我這邊的話，不管是午休還是放學後，大部分朋友都在用功或看書……感覺也不會在意。」

「……我們明明是完全不同類型的人，竟然還能成為朋友呢。」

不用她說出口，大家早就對這件事有同樣的想法。

湊抱著瀨里奈細腰將她拉向自己，一邊吻著她，一邊心想他們這樣的組合真是奇妙。

然後，湊掀起瀨里奈的米白色制服毛衣，解開她白色襯衫的鈕扣，讓她露出了胸罩。

「呀啊♡要、要摸胸部是可以，但我還想多親一下……」

「喔，好啊。」

湊將胸罩往下拉，露出淡粉色的乳頭，接著一邊玩弄那邊，一邊繼續與瀨里奈接吻。

「喂，瑠伽。別自己在那邊和阿湊玩起親親啊。」

「對、對不起。不知不覺就親了起來……」

「結果還是要繼續做下去呀……」

「那是當然的嘍。葉月、瀨里奈，那麼……既然我們是朋友，應該可以拜託妳們兩個吧？請妳們……讓我看內褲！」

「真，真是……拿你沒辦法。今天早上不是已經讓你仔細看過內褲了嗎，而且還……做了兩次耶。」

「可、可以喔……雖然我午休時也有給你看過……」

葉月掀起裙子露出黑色內褲，瀨里奈也掀起裙子露出白色內褲。

「不管看過幾次，我還是會想看嘛！」

就是這樣，只要向兩位可愛得不得了的女性朋友拜託，她們就會讓湊看內褲。

雖然湊說對穗波麥的內褲沒有興趣的話絕對是騙人的，但反正只要每天能看到兩件女生的內褲，就已經夠幸福了。

根本沒有必要執著於其他女生的內褲——

「所以說，小湊，你想看我的內褲呀？」

「當然想看。」

湊毫不猶豫地回答。

哎呀，雖然沒有必要執著於其他女生的內褲——

但如果對方願意給自己看，他也沒有什麼理由拒絕。

要一個正值青春期的男高中生放棄欣賞可愛女高中生內褲的機會，那就太不自然了。

「湊同學，你那種毫不猶豫的態度真的很厲害耶……」

瀨里奈由衷地感到佩服。

放學後——之前那間空教室裡。

雖然今天沒有學生會的工作要做，但湊、瀨里奈以及穗波三人還是聚在這裡。

當穗波要求和兩人談事情時，湊和瀨里奈並沒有拒絕的選項。

即使她不會把湊鑽瀨里奈裙底的事情說出去，但他們還是無法放下對於穗波的警戒心。

「啊，不對，先等一下。」
「怎麼了，小湊？」
「我可沒有那麼變態到想看不是朋友的女生的內褲。我只是回答妳問我想不想看的問題而已。」
實際上，如果把那個問題拿去問班上的所有男生，他們大概都會給出和湊相同的答案吧。
雖然湊的班上已經有葉月和瀨里奈兩位頂級美少女，但穗波麥絕對不遜色於這兩人。
或許是因為打扮太過花俏，讓她看起來有點像不正經的人，但穗波也是有相當水準的的美少女。
「喔～？小湊你之前和葵的小團體一起玩的時候，對我明明就完全沒有興趣耶？」
「那、那是因為……老實說，我當時根本就應付不過來。」
湊垂下了肩膀。
事實上，像湊這樣的普通人混在校內頂尖的社交咖團體裡時，絕對不可能保持鎮定。
「不過嘛～小湊當時確實挺緊張的。我明明跟你說了不少話，你卻都用『是啊』或『嗯』這種簡單的兩個字回答我。」
「有、有那回事嗎？」
老實說，湊完全不記得了。

他甚至不記得和葉月的小團體玩時，穗波有沒有在裡面。

順帶一提，現在坐在他旁邊的瀨里奈似乎也參加過幾次聚會，但他連這都不記得了。

「從那個時候開始，我就覺得小湊挺有趣的呢。」

「有、有趣？」

「雖然我們這群人裡偶爾也會有男生加入，但都是些很精明的社交咖帥哥。我對那種人完全沒興趣。」

「……那妳對什麼樣的人有興趣啊？」

湊雖然很清楚自己不是社交咖帥哥，但還是會好奇穗波的喜好。

「啊～因為每次都和葵他們玩得太開心了，沒怎麼注意到男生的朋友。頂多偶爾會覺得『好像有那種人在』而已。」

「那還真是……」

那些和葉月他們一起玩的男性朋友恐怕都打著歪主意吧。

他們或許期望能接近葉月——即使沒辦法，以穗波為首的小團體裡其他女生也都是美少女，應該也是他們的目標。

既然敢以追求葉月的小團體成員為目標，那些男生也八成都是充滿自信的社交咖帥哥吧。

然而，葉月小團體裡的女生對於男生的認知，卻只是「好像有那種人在」的程度，這也是個相當殘酷的事實。

「不過，小湊你卻完全不同呢。」

「我當然跟他們不一樣啊。」

湊的長相和身材都只有一般水準，成績稍微好一點，運動能力也很平凡。

除此之外，他的個性與社交咖差得很遠，也欠缺與人交流的能力。

「你對我們明明就很緊張，對葵卻意外地很放得開，真是不可思議。讓我嚇了一跳呢。所以我就在想，這個和葵關係這麼好的男生到底是什麼人？」

「是啊，湊同學對我明明有一段時間都很客氣，和葵同學的關係卻一下子就變很好……」

「是、是這樣嗎？」

湊和葉月合得來是不容置疑的事實。

重點是葉月有她信任湊的理由，讓她毫無隔閡地與湊來往。

只不過湊作夢也沒有想到，僅僅因為和葉月相處融洽，竟然就能提升周圍的女生對他的評價——

「我原本就對和葵相處得好的男生有興趣呢。雖然你之前向我問了小惠那的消息後就跑掉了。」

「啊，是啊。那時候承蒙妳幫忙了……」

為了打探葉月的過去，湊曾經請穗波幫忙過。

現在回想起來──

「對了，穗波同學那次幫了我大忙，我還沒有好好道謝呢。」

「我只是把你介紹給小惠那啦。」

穗波露出一絲笑容。

旁邊的瀨里奈歪著頭，疑惑地嘀咕著：「小惠那？是小春同學嗎？」不過她沒有插嘴吐槽。

瀨里奈說話很謹慎，不會多管閒事。

「哎呀，要是沒有穗波同學的情報，嗯……雖然不能說得太詳細，但我可能會很傷腦筋呢。」

「這樣啊。我不用什麼謝禮，只要小湊能和我一起玩就夠了。」

「這、這樣就夠了嗎？」

小春惠那被她稱作小惠那，湊被稱為小湊。

這兩個稱呼有點像（註：小惠那的原文「えなっち」與小湊的原文「みなっち」只差一個發音），很容易搞混呢──湊腦中想著這種一點也不重要的念頭。

「那麼……我們要來玩什麼呢？」

「喂、喂……」

湊還沒開口，穗波就輕輕掀起她那短過頭的裙子。

褐色的大腿大膽地露了出來──

「啪♡」

突然地，穗波放開了手中抓著的裙子。

「開玩笑的啦～我才不會突然就給男生看內褲呢。」

「也、也是呢，又不是瀨里奈。」

「你那是什麼意思……？」

瀨里奈半瞇著眼，瞪著湊的眼睛。

看來一旦話題牽扯到自己，就連說話謹慎的瀨里奈也不得不吐槽了。

不過湊第一次和瀨里奈講話的那天就要她給自己看運動短褲，還順便看到短褲邊緣露出的白色內褲的事就暫且保密吧。

「不、不用在意啦。」

「這樣啊，好吧。」

結果，瀨里奈就這樣當做沒事了。

瀨里奈似乎很容易無條件地完全信任朋友。

「話說回來喔，小湊。」

「咦？」

「雖然我剛剛忽略掉你那句話，但是我還是有點受到打擊耶。」

「什麼打擊？」

「就是不想看不是朋友的女生的內褲那句話。」

「啊，那個喔。咦，妳為什麼會因為那句話受打擊……？」

對湊來說，他覺得自己只是說了很有常理的話。

結果穗波突然就不滿地鼓起臉頰。

「我可是把小湊當朋友喔？」

「啊，沒有啦，唔……這樣啊。」

湊突然變得支支吾吾的。

他之所以會如此不知所措——是因為他覺得穗波麥是個與自己相距甚遠的人。

他原本以為距離自己最遙遠的是葉月，但因為她個性親切又開朗，很容易就與葉月關係變得融洽。

而瀨里奈雖然因為太過可愛，同樣是個遙不可及的對象，不過她的性格文雅又溫柔，湊很快就對她放下了心防。

然而，穗波卻是個打扮比葉月還要花俏的辣妹，對湊這個邊緣人來說，她就像是另一個次元的存在。

之前向她詢問小春惠那的事時，湊也是得鼓起很大的勇氣。

「我都和小湊一起出去玩好幾次了，而且你又是葵的朋友，和她的關係很好——」

穗波偷瞄了一眼瀨里奈。

「而且你和小瑠伽也是好朋友吧？這點可能反而更讓人驚訝呢。」

「妳、妳說我嗎？」

「小瑠伽長得一副標準清純女孩的樣子，國中時幾乎完全不和男生來往。那時候感覺她就像是一間『只有一個人的女子學校』呢。」

「只有一個人的女子學校？」

「…………」

瀨里奈聞言吃了一驚，湊則是差點笑出聲來。

雖然那種形容很莫名其妙，但也非常符合瀨里奈的形象。

瀨里奈的形象太過清純，即使身處男女同校的環境，仍然散發出一種強烈的女子學校大小姐氛圍。

「如今小湊和小瑠伽也變成好朋友。真是太有趣了，現在就算說你是我的朋友也不誇張吧。」

「也就是說……因為是朋友，我可以看穗波同學的內褲嗎？」

「喂，你關心的是這個喔！」

聽到這句話，原本我行我素的穗波也不禁連忙吐槽。

她似乎很意外湊會這麼說。

「不過，既然你是葵和小瑠伽的朋友，那就完全算是我的朋友了。我說得對不對呀，小瑠伽？」

「呃，嗯，應該……算吧？」

瀨里奈似乎被穗波的歪理說服了。

至於瀨里奈和穗波是否是朋友，湊就無法判斷了。

畢竟她們國中時同校。從兩人的對話來看，雙方的關係似乎也不差。

「那麼就先從小湊開始。不要叫穗波『同學』，直接叫名字就可以了。」

「好，好的。穗波……」

如果是以前的湊，直呼女生名字對他的難度太高了。

但現在他習慣了直呼葉月、瀨里奈，還有梓琴音等幾位女生的姓氏。

這已經不再是很高的門檻了。

「嗯，你做得很好。既然我們是朋友……應該就可以讓你看內褲吧？」

「真的嗎！」

「你怎麼這麼起勁啊，小湊！和女生成為朋友後，竟然就迫不及待想看別人的內褲！」

穗波又拋出一句犀利的吐槽——

「那麼……好吧，我就在這裡露給你看嘍？」

穗波微微一笑，重新抓起裙子的下襬——
她緩緩地掀起那件光是走路就有可能看到裙下風光的超迷你裙。
「咕嚕……」
不知為何，這時反而是湊身旁的瀨里奈吞了口口水。
葉月也好瀨里奈也好，看來即使是女孩子，也有想要看其他女孩子內褲的慾望。
不過應該是這兩人有點特別啦。
「答啦啦啦啦～答啦啦啦啦～」
穗波一邊哼著莫名其妙的曲子，一邊將裙子掀得更高——
「答啦啦啦啦～鏘鏘！」
「…………！」
最後她突然大力地掀起裙子。
由於她的動作太大，讓褐色的小腹、肚臍，還有塞進裙子裡的白色襯衫下襬也露了出來。
然後——
「咦咦！」
湊不禁驚呼出聲。
在穗波麥的裙子底下，那褐色豐滿的大腿上方——

穿著一條全黑的短褲。

「穗、穗波……妳竟然穿短褲……！」

「一般人都會穿的吧？」

看到湊的驚訝反應，穗波反而感到驚訝。

不過，其實湊最近看別人的裙子底下時，看到的都不是那種給人看的內褲，而是真的內褲，所以他會感到驚訝也不意外。

「不會啊，我就沒穿喔。」

「咦，小瑠伽，妳是要給別人看嗎……？那就是所謂的暴露狂……？」

「才、才不是呢。畢竟如果要給湊同學看內褲，還得花時間脫掉運動短褲就太麻煩了。」

「呃……抱歉。妳這句話滿滿都是吐槽點耶……？」

穗波提著裙子，露出一臉傻眼的表情。

「反正我穿的裙子很長，基本上不會翻起來或從下面偷看到。」

「唔～勉強安全吧？小瑠伽，妳還是小心點比較好喔。」

「沒問題的，除了湊同學以外……應、應該還沒有被人看到內褲。」

瀨里奈雖然已經不止一次給湊看過內褲，但她依然沒忘記要感到害羞。

以她的性格，一定會在風很大的日子或上樓梯時特別小心。

湊知道瀨里奈雖然少根筋，但其實舉止都很謹慎小心。

當然，湊並不想讓任何人看到瀨里奈那清純的白色內褲，因此他希望她能繼續保持那種端莊的舉止。

雖然他不是瀨里奈的男朋友，但湊還是自私地這麼期望。

「喔……雖然搞不太懂是怎麼回事，但我先確認一件事。」

「什麼事？」

「小湊和小瑠伽，你們沒在交往吧？」

「咦？沒、沒有，怎麼可能嘛？」

「對、對啊……我們只是朋友而已……之所以會給他看內褲，也只是答應湊同學這個朋友的要求。」

「因為是朋友喔……？聽起來真是太神奇了。」

穗波輪流看了看湊和瀨里奈的臉，露出苦笑。

「我本來還在想你們兩個是什麼關係，原來這麼單純。呃，我們剛才在談什麼來著？」

「嗯？有必要拉回之前的話題嗎？」

「我記得……是關於穗波同學穿短褲的話題吧？」

「那真是讓人大吃一驚呢。這個話題確實值得深入討論。」

「吃什麼驚呀，這很正常好不好？」

穗波將裙襬翻來翻去，不時露出自己的短褲。

「就連像我這樣的辣妹都會穿短褲，小瑠伽妳可真是另類呢。」

「其實，那個……也是因為我不喜歡在內褲上面再穿其他東西。」

「我有點懂妳的意思。有時候穿太多層確實會覺得妨礙活動。」

「葉月也說過類似的話。」

湊想起了之前葉月所說的話。

葉月雖然會穿著安全褲去學校，但一回到家就立刻脫掉。

看來她也覺得那東西穿起來很不舒服。

「嗯，對啊。仔細想想，葉月到現在還是會在學校穿安全褲呢。」

「葵同學還真奇怪呢。反正在湊同學面前不是就脫掉了嗎？」

「但是這麼一想，穗波會穿著短褲也是理所當然的呢。」

「喂，你們兩個別在那邊說悄悄話啦。」

湊還不能把他和葉月的關係告訴穗波。

最好還是讓她認為湊和葉月只是普通朋友。

「不過，小湊應該覺得很遺憾吧？短褲看起來會不會沒意思？」

「如果能真的看到內褲，我當然會更開心啦。」

「你也太直接了吧，小湊。跟我想像的形象完全不同，你這個人果然很有趣……」

這有什麼有趣的地方嗎——湊在心中疑惑地歪了歪頭。

「那麼換個方式想。最先看到短褲算是件好事吧？如果一開始就讓你看到內褲，不就會讓人感受不到感激的情緒嗎？」

「確實如此！」

「你的頭點得比我想的還要用力耶！」

雖然穗波對湊的反應有點傻眼，但他是真心認同這點。

仔細想想，從葉月在學校拜託湊幫忙她準備考試到第一次看到她的內褲，中間過了好幾個月。

當然，就算湊對於葉月為什麼會向自己搭話感到疑惑，但他沒有一天不在想她的內褲。

只要是高中男生，大概沒有誰不會天天想著女生的胸部和內褲吧。

沒有女人緣的男生更是如此。

正因為累積了那麼久的期待，在他第一次看到葉月的內褲時——

趁她睡著偷偷掀起她的裙子，目睹那件黑色內褲帶來的衝擊才會如此強烈。

那大概是他一生都不會忘記的最棒內褲。

「妳說得對，等到被吊足胃口後再看也不錯……」

「沒想到你竟然這麼認同。不過呢，我覺得只看到短褲應該也沒什麼意思。」

穗波拉了張旁邊的桌子，坐在上面。

那是湊和瀨里奈平時放筆記型電腦，處理工作的桌子。
「但是男生這種生物呀，只要能看到裙子底下的樣子就會開心了吧。看吧～♡」
「…………」
「穗、穗波同學，這樣很不端莊喔。女孩子坐著時不應該張開腿。」
穗波坐在桌上掀起裙子，大剌剌地張開腿彎起膝蓋，讓湊欣賞她的短褲。
已經給湊看過無數次內褲的女孩子要還沒有露出內褲的女孩子注意儀容也挺好笑的就是了。
「啊，還是會心動吧。小湊，你也有可愛的地方嘛。」
「這、這個嘛……怎麼說呢……」
「嗯？怎麼了？」
穗波歪著頭問道。
這位打扮花俏的辣妹雖然看似成熟，舉止中卻有些稚氣。
而穗波雖然有些稚氣——
「呃，穗波……短褲的縫隙裡可以看到內褲。」
「咦！」
穗波紅著臉低下頭去。
短褲的縫隙間不但可以看到大腿根部，甚至還可以看到內褲。

「真意外……穗波，妳是穿白色的啊。」

「哇哇！」

穗波連忙合攏雙腿，按住裙子。

真可惜，這下子就看不到那美妙的內褲美景了。

褐色肌膚、黑色短褲，再加上白色內褲。簡直是絕配。

可以說這是湊頭一次見到如此絕妙的內褲風光。

「嗚嗚，本來還沒打算讓你看到的……竟然會從短褲的縫隙中露出來。」

「比起直接看到內褲……從短褲的縫隙中看到內褲更加色情啊……」

「原來如此，這道理還真是深奧呢，湊同學。」

「你們在胡說什麼啦？！」

仍然按住裙子的穗波此時臉已經漲得紅通通的。

人不能以貌取人。

看來即使是比其他辣妹更加開放的穗波，被人看到內褲時也會感到害羞。

「啊，不好意思。不知不覺就盯著看了……可是妳明明本來也沒打算要給我看啊。」

「這種時候你會道歉喔……？」

「畢竟不是我要妳露的。對不起。」

「是、是沒關係啦……」

穗波滑下了桌子。

「既然已經給你看了，今天的『遊戲』就到此為止吧。雖然我還想跟你試試的其他東西呢。」

「咦？什麼？想、想試其他東西？」

「那個就下次再說吧。我今天就先走了。明天見嘍，小瑠伽。」

「啊，好的……妳的白色內褲很可愛喔。」

「連小瑠伽都看到了！好丟臉！」

穗波這麼一邊喊著，一邊抓起書包跑出了空教室。

「嗯……真的不能以貌取人呢。因為是辣妹就認為她很隨便的想法是偏見啊。」

「是啊……有偏見是不好的喔。」

外表清純，在湊面前卻意外地大膽的少女點著頭表示同意。

「不過接下該怎麼辦呢……瀨里奈，總之可以讓我看看妳的內褲嗎？」

「啊，好的……這、這樣可以嗎……」

瀨里奈和剛才的穗波一樣坐在桌子上，掀起長裙。

一雙雪白的大腿和邊緣帶有白色蕾絲的內褲就這麼露了出來。

「雖然坐在桌子上不太文雅……湊同學，你就是想看這種姿勢吧？」

「是啊……」

湊輕輕地將手放在瀨里奈的大腿上，一邊撫摸光滑的皮膚，一邊仔細欣賞白色內褲。

「不過我很驚訝穗波穿白色內褲呢。」

「而且還是在短褲的縫隙間看到，讓人心跳加速……」

「怎麼連瀨里奈妳也跟著心跳加速啊？」

雖然女孩子似乎也會想看女孩子的內褲，但瀨里奈似乎有點興奮過頭了。

「不過如果連我也盯著看，對穗波同學會不太好意思呢。雖然你似乎有什麼打算……但下次我就不參加了。」

「這、這樣啊。」

湊本來還想和同時和瀨里奈與穗波一起玩——

但比起兩個人一起來，或許先和穗波好好地玩一玩會比較有趣。

「不過，我有個建議。」

「咦？」

瀨里奈大膽地彎起一邊的大腿，同時說著。

她的裙子掀得更高了，白色的內褲一覽無遺。

瀨里奈紅臉著，一邊解開襯衫的鈕扣，一邊說道：

「和穗波同學玩的事——先別告訴葵同學吧？」

# 4 新交的女性朋友教了我新遊戲



隔天的放學後——

湊正和幾位男性朋友閒聊著。

「阿湊，過來一下。」

「咦？好喔。」

看來湊的男性朋友們已經習慣葉月靠過去了，他們似乎不怎麼驚訝。

只不過他們全都紅著臉偷偷瞄著葉月。

看到朋友們這種樣子，湊再次認識到葉月不但是個非凡的美少女，還頗有人氣。

湊跟葉月一起走到教室的角落。

「人家今天和惠那有約，先回去嘍。」

「喔，這樣啊。」

小春惠那是葉月國中時的好朋友。

這兩人曾有些心結，但就在前幾天終於解開了。

小春惠那就讀於另一所高中——那是一所著名的升學學校。

「好啊，妳去吧妳去吧。零用錢夠用嗎？」

「你是我爸嗎！」

葉月露出苦笑，用力打了一下湊的肩膀。

「別擔心啦。雖然……氣氛多少會有點僵，但你也知道的，我和惠那的社交能力都很強。」

「這種話別自己說啦。雖然確實是這樣。」

葉月的社交能力本來很高，這點無庸置疑。而小春惠那以前似乎也是社交咖小團體的領袖人物。

就算雙方之間仍然有些尷尬，但隨著時間的過去，她們應該還是能恢復以前的關係吧。

「而且喔，接下來和惠那玩的時間可能會變多。」

「喔，當然沒問題。妳就和小春同學好好相處吧。」

雖然湊不是刻意製造出這種狀況，但是這或許正好讓他能和穗波多玩一點時間。

只不過，對葉月隱瞞與穗波的事，仍然讓他有些不安——

昨天聽到瀨里奈要他隱瞞與穗波關係的提議時，湊吃了一驚。

因為湊認為這並不是什麼非得保密不可的事。

然而根據瀨里奈的說法——

『畢竟葵同學看到我和湊同學關係變好的時候，有點嫉妒——雖然不至於到那種程度，但她似乎還是有些在意。』

『的確如此……』

湊和瀨里奈成為朋友後不久，葉月就表示：「你跟瑠伽未免好得太快了吧？」顯得有點不開心。

不過在那個時候，葉月與瀨里奈還不算那麼親近。

而穗波是葉月小團體的一員，在旁人看來，她們是非常親密的朋友。

如果穗波和湊關係變得很好，葉月心情變差的可能性就非常高。

關於要不要告訴葉月這件事這點，湊也同意還是先觀察一下情況再說。

只不過，對葉月隱瞞與穗波的新關係本身就是個問題——

話雖如此，那麼有必要主動告訴葉月嗎？這也很難判斷。

畢竟這是個複雜的問題——

所以還是按照瀨里奈的建議，目前先暫時保密比較恰當。

湊想到這裡，再次望向葉月。

「對了，小春同學有聯絡妳嗎？」

「其實有耶。惠那說畢竟她以前是前辣妹，感覺不太能融入升學學校。雖然有交到朋友，但好像沒有感情好到可以一起出去玩的團體。」

葉月現在似乎很想跟小春惠那一起出去玩。

這不僅是因為她關心小春惠那，也是因為雙方的關係在隔了這麼久的時間後終於恢復了，讓她迫不及待想要和這位朋友一起出遊。

「阿湊你應該也會要跟人家以外的朋友出去玩吧。啊，對了，頭髮要好好整理，不然會被笑的喔？還有，不要跑到太遠的地方。」

「你是我媽媽！」

「哈哈哈。反正我們回到家之後想玩多久都行嘛。可以一直玩到晚上——玩到床上♡」

「是啊。」

湊對如此悄悄說著的葉月點了點頭。

「那人家就走嘍。」

畢竟是在有人的地方，葉月沒有吻湊，也沒給他看內褲，就這麼離開了。

從葉月的女生小團體還留在教室來看，葉月似乎打算只跟小春惠那兩個人一起出去玩。

為了改善關係，先從兩個人單獨出去玩開始比較好。

「………」

突然間，葉月的小團體中的其中一人——褐色皮膚的穗波麥偷偷瞥了湊一眼，讓湊不禁緊張了一下。

穗波趁著周圍的人沒有注意，輕輕揮了揮手。

看來今天也會是跟穗波一起玩的日子。

場景又來到那個空教室——

今天瀨里奈真的有事，所以她一個人先回家了。

雖然有些讓人感到寂寞，但瀨里奈也不可能每天都陪著湊。

湊有時也會跟其他的朋友走，或是有自己想做的事。

而今天沒有其他要忙的——也就沒有拒絕穗波麥的邀請的理由了。

「話說回來，今天葵和小惠那她們一起出去玩了呢。」

「什麼嘛，穗波妳也知道啊？」

穗波這回又以不文雅的姿勢坐在桌上，湊則是坐在旁邊的椅子上。

由於穗波的坐姿面向湊，那褐色的大腿就近在咫尺。

「畢竟她們兩個都是我的朋友嘛。不過其實是因為葵說她要去跟惠那一起玩。」

「妳不一起去嗎？」

「唔～葵說她想要跟對方單獨見面。那傢伙真的超有膽量。她們之間明明已經尷尬到疏遠了，竟然能和對方單獨見面。要是我絕對會找其他人一起去，比如莎拉拉之類的。」

「莎拉拉……喔，妳說泉同學啊。」

泉莎拉是葉月小團體的一員，也是和她們讀同一間國中的。

她跟穗波一樣，是打扮花俏的金髮辣妹。理所當然地，湊也不擅長與她相處。他到現在仍然無法消除對於辣妹的抗拒感。

「沒想到她竟然一個人去，該說不愧是我們的領袖嗎？」

穗波似乎相當佩服。

她大概作夢也想不到，葉月會是那種媽媽長期出差，好幾個月不在家就會感到寂寞的人吧。

在湊看來，葉月反而是個膽子很小的人。

當然，他沒打算把葉月的祕密說出去。

「其實我也一直很在意葵和小惠那的事。只不過她們兩人也沒有吵架，所以就不知道該怎麼讓她們和好。」

「沒有具體的原因，就沒辦法解決問題了嘛。」

就湊所知，葉月和小春惠那之所以關係疏遠，似乎是「自然而然」演變成的。

而且上高中之後，兩人分隔兩地，更加沒有修復關係的機會。

即使她們是社交能力強的團體，一旦牽涉到人際關係的問題，也不是那麼容易就能解決。

「我們這群人幾乎沒有吵架過，因此我就更不懂了。」

「或許不要插手才是正確的作法吧？」

萬一有其他人介入，葉月和小春惠那的關係可能反而會變得更糟糕。
反正最後有了好結果，兩人的關係已經順利修復了。
「不過多虧小湊，葵和小惠那才能和好。讓我嚇了一跳呢。」
「我沒做什麼特別的事啦。」
這不是謙虛，而是事實。
湊只是去見小春惠那，然後把她錄的影片給葉月看而已。
可以說他幫忙跑了點腿罷了。
「不不，如果沒有小湊的行動，那兩個人可能就再也不會見面了。唔～就是那個啦。」
「嗯？」
「或許就是因為小湊不認識小惠那，才能讓她們和好。你是只為了葵才行動的吧？」
「嗯……是啊。我不認識小春同學。」
「如果是我們這些小團體裡的人，就會同時顧慮到她們兩個。然後要是顧慮到她們，就沒辦法隨便介入了。」
「原來如此，是這樣啊。」
姑且不論小春惠那怎麼想，至少湊認為葉月應該很想和對方和好。
他所認識的葉月葵，不是會與好朋友交惡之後就放著不管的人。
但是，葉月的個性意外地膽小——

她可能很難主動與對方和解。

湊不希望葉月留下後悔，想要她繼續前進。

另一方面，小春惠那也許並不希望與葉月和好。

湊在行動的時候並沒有考慮到那種可能性。

現在回想起來，他做了一件危險的事情——雖然結果很好，但這點有必要反省一下。

「而且葵最近感覺還挺不錯的。」

「挺不錯是什麼意思，妳說得太籠統了吧。」

湊不禁苦笑起來。

「以前她是我們這個小團體的領袖，總是很照顧大家，也很溫柔。但總感覺她與我們畫了條線。」

「…………」

葉月對這點也有所自覺。

那是因為她與小春惠那的關係變差，讓她無法再深入與其他朋友的關係。

「現在她和我們之間的牆壁似乎消失了。我特別喜歡最近的葵喔。都是多虧了小湊，謝謝。」

「沒有啦，我什麼都沒做。」

這不是謙虛，而是他的真心話。

「所以我可能也開始喜歡上小湊了♡」

「什、什麼?」

「開玩笑啦~♡」

穗波調皮地眨了眨眼。

即使是開玩笑,被這樣可愛的女孩子說「喜歡你」,還是會讓人心跳加速。

對於湊這個不擅長與女孩子打交道的邊緣人來說——即使與葉月她們成為了朋友,他的心理強度還是沒有太大的改善。

「總、總而言之,我只是看到朋友有煩惱,稍微幫助一下她而已啦。」

湊一直覺得從葉月那裡獲得太多,自己給予她的卻很少。

朋友關係應該是平等的——

僅僅是幫助葉月解決與小春惠那的關係,這還遠遠不夠。

「唔~我本來只覺得小湊是個文靜的男生,現在覺得你敦厚篤實……是個好人呢。」

「敦厚篤實,妳又說了個很少見的詞彙……咦?」

湊正要苦笑,然後歪了歪頭。

「怎麼了,小湊?」

「嗯,妳的腦袋很好嗎?」

「啥?腦袋?」

穗波雙手撐在桌上，疑惑地歪著頭。

「雖然妳說話有點籠統……但就像剛才葉月和小春的和解那段，妳說明的邏輯很清晰，說話很有條理。」

「喂喂喂喂～！」

坐在桌子上的穗波晃著腿，脫掉了鞋子。

她用腳尖踩在湊的大腿上。

「小湊，難道你以為我是笨蛋嗎？」

「我、我不是那個意思啦……」

他是有那麼一點覺得。

穗波麥是個金髮褐膚，打扮十分誇張的辣妹。

雖然湊對她確實有偏見，但不管怎麼看，她都不像擅長動腦的人。

「我都和湊讀同一間高中了，成績應該沒有那麼大的差別吧？」

「啊、對喔，那倒是……」

而且現在還只是高一的第二學期。

有些人在高中時會沉迷於玩樂或社團活動而導致成績下滑，但現階段應該還沒有人的學力會那麼差。

況且，穗波讓湊感到佩服的不是學力，而是靈活的頭腦。

「不過我倒是有個**蠢蠢的計畫**啦。」

「蠢蠢的計畫？」

「對。」

穗波猛地抬起踩在湊大腿上的腳。

「哇，喂……！」

想當然耳，她的裙下風光就變得一覽無遺。

湊就看到了——一條光澤感十足的白色緞面內褲。

「咦，奇怪？呃……妳的短褲呢？」

「穿短褲反而會讓你更開心吧。要是從短褲的縫隙中看到內褲，你會覺得很色情吧？」

「是、是啊……」

就算如此，也不代表直接露出來的內褲就不色情。

「所以啦，我在過來之前就脫掉短褲了。現在可是只穿著內褲喔。」

「妳、妳做了什麼？」

穗波將腿抬起又放下，讓白色內褲時隱時現——

這樣不時能看到的內褲，比從短褲縫隙中看到的更加色情。

「喔～在看了在看了。小湊你好色喔～♡」

「還、還不是因為妳用那種方式給我看……！」

湊從剛才開始就被穗波吃得死死的。

雖然他已經稍微習慣與女性相處，但葉月和瀨里奈或許是比較特別的存在。

「不過，剛才那只是小小的服務。接下來才是重點。今天要玩的遊戲呢——」

「遊戲……妳想做什麼？」

「嘿嘿～」

穗波從桌子上滑下來，站在仍坐在椅子上的湊面前。

「其實呀，我有些東西想讓小湊看看。」

「哇！」

湊勉強接住穗波扔出的手機。

「咦，我可以看嗎？」

「反正又沒有什麼不方便被看到的。」

「女生不是通常都不喜歡別人看到手機裡的東西嗎……？」

看來湊身邊的女生似乎都有給別人看一般人不想被看到的東西的傾向。

穗波的手機螢幕上正顯示著照片應用程式。

「咦，這是……」

光看縮圖就能大致猜測照片裡拍的是什麼。

雖然感到詫異，湊還是點開了一張照片——

「喂喂！穗、穗波，這種東西不好被別人看到吧！」

「其實這是葵也不知道的我的『嗜好』呢。」

「嗜、嗜好……」

那是一張用手遮住臉，金髮褐膚少女的照片。

她那白色襯衫的胸口敞得很開，露出了乳溝——不對，連白色的胸罩也露了出來。

深藍色的迷你裙掀了起來，大腿幾乎完全暴露在外。

程式裡有著好幾十張鏡中人穿著彷彿女高中生制服的服裝，相當煽情的自拍照——

「自拍真的很難呢。看社群網站上的人都拍得都很好，那些該不會其實都是別人幫忙拍的啊？」

「我、我也不知道……」

的確，網路上可以看到許多可愛女孩的自拍風格照片。

不過那些看似自拍的照片也可能是別人幫忙拍攝的。

自拍時的角度和姿勢之類的限制很多，自然會讓人感到不方便。

「妳、妳拍了這些照片後打算怎麼用？」

「我其實很喜歡玩電玩。也想嘗試做直播。」

「那和色情自拍照有什麼關係——啊，難道妳打算結合遊戲直播和色情要素？」

「小湊你還真是個遊戲玩家呢。答對了。」

「……就算妳現在要做這種的，但不就只是走很多人走過的路嗎？」

湊經常觀看遊戲實況或攻略型的影片。

然而他看的大多數都是專業遊戲玩家兼直播者的影片，他不太看那些有**額外要素**的影片。

所謂的額外要素，指的是——

穿著能看見乳溝的衣服，或是穿迷你裙大膽露出大腿——

如果內容太過煽情，就會被網站管理方刪除，因此大家都在比誰更能逼近那條線。

網路上有一些這類的高人氣頻道，湊也知道它們的存在。

「我想先拍些可以放在影片開頭，很有挑逗性的靜態照片。如果在社群網站上引起話題，就能吸引人來看直播。」

「妳想得很周到呢……」

「但是不太順利啊。」

「是啊，現在要這麼做很難了。」

遊戲實況的直播可以說已經殺成了紅海。

如今的競爭對手太多，新進者即使加入也很難脫穎而出。

即使是像穗波這樣身材出眾的在校女高中生，應該也沒那麼容易引起話題吧。

「說到底，我在自拍這一關就卡住了。其實我也讓莎拉拉幫我拍過，但拍出來的照片就是不夠性感。」

「……拍妳的話，怎麼拍都很性感吧？只是能不能引起話題就是另一回事了。」

「哈哈哈，你說得真好，小湊。」

穗波拍了拍湊的肩膀。

「光是拍內衣或內褲走光當然會很性感，但總覺得還欠了點什麼。所以我覺得還是該從男生的角度來拍攝。但就像之前說的，我對男生沒什麼興趣，因此沒有人選。」

說到這裡，穗波露出別有深意的眼神望向湊。

「好，讓我來拍吧。」

「反應真快！」

湊拿起穗波的手機，將鏡頭對準感到驚訝的她。

「要怎麼拍？胸部還是內褲……唔，還是拍一段鏡頭慢慢掃過的影片吧。」

「小湊，我還以為你是個內向邊緣人，沒想到你這麼大膽……」

「我確實是很內向沒錯。那麼，要用這隻手機來拍嗎？」

「嗯、嗯……好，我也做好心理準備了！」

「什麼心理準備啊？」

湊露出苦笑，他又沒有要強迫穗波做什麼事。

「我很少拍影片，需要調整哪些設定嗎？」

「先用預設模式。拍完後看結果再做調整吧？」

「ＯＫ！」

雖然湊已經看過很多次葉月和瀨里奈性感的樣子，但拍人又是另一回事。

而且，儘管已經和穗波成為朋友，但雙方的交情還很淺——

這讓他不知道自己可以做到什麼程度。

「該、該怎麼做？我要掀裙子嗎……？」

「不，我想自己掀起來看。這樣吧，我覺得應該當成第一次看到妳。穗波，妳穿的是什麼樣的內褲？」

「你這個問題好像變態會問的耶！」

「我也這麼覺得……抱歉，我有點太激動，整個人變得怪怪的了。」

事實上，湊已經很久沒這麼亢奮了。

雖然他在吸舔葉月或瀨里奈的胸部，擺弄她們裙子裡面的時候，還是會很亢奮——

但是他到現在只看過穗波短褲縫隙的走光畫面一次，以及剛才的內褲一次，總共只看過兩次她的內褲而已。

能欣賞到這麼漂亮的美少女辣妹的內褲，會感到亢奮是理所當然的。

「那我就掀一下裙子嘍。」

「喔、喔……你真的要做呀……」

湊抓住站在面前的穗波的迷你裙襬，緩緩提起。

那雙漂亮的褐色大腿逐漸露了出來——

「穗波，妳這是去日曬沙龍曬的嗎？」

「嗯～我的膚色本來就比較深，而且即使是冬天，只要待在外面也會曬黑。你比較喜歡白皮膚嗎？」

「不，也沒有。妳的膚色看起來很健康，應該說很漂亮呢。」

「是、是嗎……哇！」

湊忍不住了，他在最後用力地一口氣掀起裙子。

白色的可愛緞面內褲就這麼露了出來。

「喔……妳真的穿了條很猛的內褲呢。」

「沒、沒有吧……這、這很普通啦……」

湊一邊仔細地觀察內褲，一邊用手機拍攝。

色調是單純的白色，邊緣卻有華麗的裝飾，布料還帶著閃亮的光澤。

即使是白色，也未必就只會顯現出清純感。像這樣如此色情——

又符合她那辣妹打扮的這條內褲真是太棒了。

「真的很不錯喔。穿白色的或許意外地好看。」

「你的意思是像我這樣的人，一般都穿黑色或紅色的內褲嗎？但我覺得自己的膚色偏黑，穿白的反而會很可愛。」
「原來如此，妳說得沒錯。」
白色的內褲非常適合穗波。
從大腿根部往上看，再次仔細端詳著內褲。
「真好啊……能看到平時幾乎不怎麼交談的女性朋友的內褲，這感覺太棒了……」
「那、那是什麼感想啊……？已、已經夠了吧？你拍了很多了吧？」
「啊，是啊。」
湊看了看手機螢幕，錄影時間已經超過五分鐘了。
一旦陷入專注狀態，時間在轉眼間就過去了。
「雖然再看個一小時也不會膩，但光是拍內褲也不夠精采。」
「整個小時都是拍內褲？小、小湊，你真的很誇張耶……呀！」
湊不由自主地在穗波的大腿上吻了一下。
「喂、喂喂，現在不是在談內褲嗎！」
「抱、抱歉。這大腿看起來太誘人了……不行嗎？」
「是、是可以啦……小湊，你對朋友都這樣嗎？」
「對。」
「竟然講得這麼肯定！」

湊放下穗波的迷你裙，站起了身。

「啊，不好意思，剛才有點做過頭了。」

回過神的湊深深低下了頭。

看來是因為葉月和瀨里奈都能隨便他胡來，讓他不自覺地用了同樣的方式對待穗波。

「看來親大腿不太好呢……啊，那可以摸胸部嗎？」

「我反倒想問為什麼你覺得那樣可以耶！」

雖然穗波讓人感覺像個喜歡惡作劇的小惡魔，不過她從剛才開始就一直顯得很慌亂。

儘管她打算把自拍性感照貼在網上，她卻還是有些純情。

「你這是在步步進逼啊……好、好吧，這次讓我自己來……被別人脫衣服感覺會有點丟臉……」

穗波開始解開白色襯衫的鈕扣。

褐色的肌膚很快就露了出來。

湊這時也沒事可做，於是便小心翼翼地操作著手機鏡頭，將穗波逐漸露出胸部的樣子拍下來。

「這、這樣可以嗎……？」

「喔……」

褪去白色襯衫後，底下理所當然地是一件帶有光澤的白色胸罩。

胸部間的乳溝清晰可見。

「妳這是E罩杯吧？」

「是、是沒錯啦……你怎麼知道的……？」

因為比第一次讓湊玩的葉月的F罩杯還要小一點。

——這種話他說不出口就是了。

「啊，雖然我的比葵小一點……但這也絕對算是巨乳了吧？」

「是啊，真的很棒呢。」

湊將手機對準幾乎要掉出胸罩的乳溝，仔細地進行拍攝。

如果可以，真想把胸罩往下拉，讓乳頭露出來——不過那樣做就太過分了。

他將鏡頭對準乳溝，以從下往上看的角度仔仔細細地拍攝。

「我、我到底在做什麼啊……感覺好害羞……」

「這樣就害羞的話，不就沒辦法做直播了？」

「唔、嗯……我可能真的做不來。」

穗波兩手抱胸，夾住E罩杯的胸部往上抬。

雖然似乎是她無意識間的動作，但看起來實在是太色情了。

「想、想不想稍微看一下乳頭？」

「妳不是說很害羞嗎？」

「還不是因為小湊你剛才亂來，我也想反擊一下。」

「那算是反擊嗎？」

湊心中想著：這樣不就只會讓我占便宜嗎？

當然，他沒有任何拒絕的理由。

「這、這點程度的話……」

「唔喔喔……」

穗波將白色胸罩稍微往下挪了一點——

「我、我的乳頭有點大，感覺好丟臉……」

那褐色胸部的頂點處有著偏棕色的粉紅色色澤。

正如本人所說，她的乳頭——或者說乳暈比較大，但這也不錯。

「喔，大乳暈也很不錯呢……」

「難道你看過小的……？該不會是小瑠伽的？」

「這點……無可奉告。」

畢竟他也不方便擅自透露別人的乳頭大小。

雖然葉月有著G罩杯的巨乳，乳頭卻有點小。而瀨里奈是D罩杯，乳頭則是普通大小，但也十分可愛。

與兩人相比，穗波的乳暈偏大，但充滿足以令人想要狠狠吮吸的魅力。

「先別說那些了，我還想再多看一點。」
「嗯、好……只、只能再多看一點喔？」
穗波用食指勾住胸罩的罩杯，輕輕往下拉。
接著，不僅僅是略大的乳暈，她的整個胸部都露了出來。
「嗚嗚……竟然被看得這麼仔細……我本來沒打算露到這種程度耶……小湊，這是怎麼回事？」
「不是，我也沒做什麼啊……」
湊也沒有料到穗波會是一個想做情色直播的女孩子。
而且不只是內褲或胸罩，他今天竟然連穗波的乳頭都欣賞到了。
「……今天拍的影片可以給我嗎？」
「可、可以啊……隨便你拿去用吧♡」
「用什麼啊？」
雖然能理解她的意思，但這話說得實在太直白了。
「不過，既然你會跟小瑠伽做那種事……應該就不需要什麼影片了吧？」
「那是兩回事。好了，影片就拍到這裡，我還想再用自己的眼睛直接看看。可以嗎？」
「你還真是提出了一個誇張的要求呢……好啊。啊嗯，別那麼近啦♡」
當湊靠上前去觀賞起穗波的胸部時，她就立刻漲紅了臉，發出甜膩的嬌聲。

沒想到，繼葉月葵、瀨里奈瑠伽兩個人之後，湊的「第四位」女性朋友也願意讓他如此大飽眼福。

湊壽也的朋友關係，正朝著自己也未曾想像的方向發展。

# 5 拜託清純的女性朋友後，她意外地……

Onna Tomodachi ha Tanomeba Igai to Yarasete kureru

「嗯？」

和穗波大玩特玩之後的回家路上——

就在能看見自家公寓時，湊停下了腳步。

手機正在震動，於是他從口袋裡拿出來一看。

葉月『誰都阻止不了今天的人家！』

葉月傳來了這樣的訊息。

底下還附有照片，照片裡葉月和小春在像是ＫＴＶ包廂的地方貼著彼此，比出了勝利手勢。

看來她們正玩得很開心。

「……太好了呢，葉月。」

湊喃喃說著。

她現在與小春的關係變得很好——甚至可能已經恢復成以前那樣的好朋友了。

葉月似乎不只喜歡和湊與瀨里奈的關係。對她來說，小春或許也是一位特別的朋友吧。

就在湊將手機放回口袋，再次踏出步伐時——

「啊，湊同學。歡迎回家。」

「咦？」

公寓的入口處站著一位黑色長髮的清純美少女——

瀨里奈瑠伽。

「瀨、瀨里奈？妳怎麼會在這裡？」

她今天不是說有事嗎？

「其實是葵同學拜託我的。」

「咦，拜託妳什麼？」

「她說可能會回來得很晚，希望我可以去看一下小桃的狀況。」

「喔，原來如此。」

湊目前正暫時住在葉月的家。

不過，小桃還是一樣通常很少露面。

雖然湊偶爾會幫忙準備小桃的飼料，卻沒辦法跟牠一起玩。

這讓人不禁懷疑小桃可能討厭男生。

「那傢伙偶爾還是肯出現在瀨里奈面前呢。」

「畢竟小桃是一隻孤高的貓咪嘛。」

「小桃真是我行我素啊。」

這對其實很喜歡貓的湊而言是件難過的事。

究竟得到何年何月，湊才能夠摸小桃，或是把牠抱起來吸呢？

牠的飼主葉月早就已經摸到飽、吸到飽了。

「既然是這樣，那我就理解了。畢竟瀨里奈家也很近嘛。」

若是走捷徑，瀨里奈家與湊他們的公寓的距離其實近得讓人驚訝。

如果只是去看一下貓咪的狀況，並不算太麻煩。所以就算葉月請瀨里奈幫這個忙，也不至於讓她顯得太厚臉皮。

「那我們就去葉月的房間吧？」

「啊，好的。但是在看過小桃的情況之後——」

「嗯？」

「那個……我可以去湊同學的房間嗎……？」

瀨里奈紅著臉，目不轉睛地看著湊。

這種有點緊張——又有點酸甜的氣氛是怎麼回事？

雖然湊感到有些奇怪，還是點了點頭。

小桃看起來很有精神。

雖然湊在場時，她仍然不肯現身，

而瀨里奈獨自靠近時，牠就沒什麼抵抗，乖乖地讓瀨里奈摸。

「好，好羨慕……可惡！」

「那、那麼不甘心也沒用啊。反正小桃遲早也會習慣你的。」

「是這樣就好嘍。」

湊最接近小桃的時候，是在把逃走的小桃抓回來的那次。

從那之後，他連直接碰觸小桃都沒辦法，甚至很少有機會以肉眼看到牠的全身模樣。

若不是葉月偶爾會給他看照片，他幾乎都快要忘記小桃長什麼樣了。

總之葉月家和小桃都沒有狀況，於是他們來到了位於兩層樓底下的湊家。

當然，即使湊和葉月同住，他每天還是會回到自己的家。

他會查看家裡的情況，打掃衛生，或是拿一些衣物，畢竟自己家離葉月家很近，所以來回兩地很方便。

「不過，既然葉月會很晚回來，我覺得去葉月家也可以啦。」

「是啊……啊沒有啦，其實葵同學在也沒關係……」

湊讓瀨里奈進入自己的房間，各自坐在茶几的兩旁。

一位黑髮長髮的清秀美少女就在自己的房間裡——這種場景至今仍然會讓他心跳加速。

即使葉月在自己的房間已經成為理所當然的事，但他似乎還沒有完全習慣瀨里奈的存在。

「啊，要不要我做點吃的？」

「啊……我還不餓，而且應該沒有食材可用。」

「那、那你平時是怎麼生活的……？」

瀨里奈一臉詫異的樣子，但對湊來說這已經是家常便飯了。

「雖然我家的冰箱是家庭用的大型冰箱，但裡面通常都是空的。只有放我的果汁和老爸的啤酒，還有甜麵包、納豆、雞蛋之類的。」

「葵同學家的冰箱也是差不多的情況呢……」

「不做飯的家庭不都這樣嗎？我要煮東西吃時頂多也就是煮飯做味噌湯。本來還打算做炒飯和咖哩，但到現在還沒有成功過。」

「成、成功是什麼意思？而且炒飯不是十五分鐘就能做好了嗎？」

「要把技術提升到那種水準，恐怕得花上超過十五個小時的練習啊。唉，同樣花十五分鐘，我寧願把時間拿來看瀨里奈的內褲。」

「就、就只是看著內褲十五分鐘嗎？」

「如果能讓我看，看多久都可以。」

畢竟是請別人讓自己看，更別說看的還是女孩子的內褲這種珍貴的東西。

別說十五分鐘了，湊覺得這種東西可以看越久越好。

「啊，對了。妳剛才不是有事嗎，瀨里奈？」

「是、是的。雖然具體來說沒做什麼事……」

「所以只是去玩而已？不是處理了什麼事？不會累嗎？」

「……對不起。」

「咦？」

瀨里奈雙手放在茶几上，低下了頭。

「為、為什麼道歉？」

「其實我說有事是騙人的……」

「啊……什麼嘛？是這樣啊。」

湊鬆了口氣。

老實說，「有事」這種話可以有很多種解釋。

就算她其實沒什麼事要做，也沒什麼好在意的。

「我說啊，瀨里奈。人們有時候會沒什麼原因就拒絕別人的邀請，或者隨便找個藉口離開。例如因為覺得有點累想回家之類的。我也會這樣。既然我們是朋友，妳沒必要特地道歉。」

「是、是這樣嗎？」

看來瀨里奈還是不太明白。

湊知道她的個性太過認真，所以特地將這些理所當然的道理詳細解釋了一番。

「雖然也有人會追問『有事是什麼事？』『你是為了拒絕邀請而說謊嗎？』對那種理由感到生氣……」

「你是哪種……？」

「至少我不會介意。當然，我也希望自己說謊拒絕妳的邀請時，妳也不要生氣就好了。」

不過湊覺得自己不可能拒絕瀨里奈的邀請。

「我很少生氣的。雖然有人說我生氣的時候會很可怕。」

「好恐怖！」

的確，像瀨里奈這種溫柔型的人生起氣來最可怕——常常有人這麼說。

「畢竟瀨里奈在打架方面比我強多了嘛。」

「別、別說什麼打架方面啦。我只是從小就被要求學習防身術，我的力氣只是普通女孩子的程度喔。」

「嗯……瀨里奈，要不要來比一下腕力？」

「好的，可以呀。」

於是湊和瀨里奈在茶几上緊緊握住彼此的手。

就在湊對她那柔軟有彈性的手掌觸感感到驚訝的同時——

「那我們開始吧。預備——開始！」

湊輕輕用了點力——

瞬間就被瀨里奈扳回來，湊還沒來得及重新施力，整隻手就被她拍到桌上。

「好痛！」

「啊！對、對不起！」

瀨里奈放開手之後，再用雙手握起湊被拍到桌上的手。

她輕柔地撫摸著湊的手。

「啊，沒有啦，不好意思。我只是被嚇到，所以才誇張一點。」

「不，是我用力過猛了……真的很抱歉。」

「那麼我們來討論一下什麼叫『普通女孩子』的力氣吧？」

「湊同學，你好壞……」

瀨里奈雙手握著湊的手，抬起眼睛瞪著他。

這種可愛的程度簡直是作弊。

「雖然我的力氣不算小……」

「不，我也不是單純地很有力氣。只是知道怎麼施力而已……」

「聽起來好像格鬥漫畫裡的人物呢。」

就像「普通人只能使用百分之三十的肌肉力量，但經過修練後可以發揮出百分之百的力量」那種說法。

「應該就是那個啦。葉月在學校裡的階級比我高得多。瀨里奈也一樣，所以妳在體能上也會比我強吧。」

「我們是同學，沒有分什麼階級啦。」

瀨里奈似乎是真的聽不懂。

或許她根本沒有注意到所謂的校園階級。

湊認為，越是位於底層的人，就越會在意校園階級或是身分層級。而位於上層的人則幾乎不會意識到這種東西的存在。

但至少葉月和瀨里奈，還有穗波她們一點也不會看不起別人。

「呃……我們剛才在談什麼來著？」

「是啊，我們到底在談什麼啊？」

湊不禁露出苦笑。

雖然他拜託葉月、瀨里奈和穗波讓自己「做」了很多事——

然而在社會地位的層面或是體能層面上，她們都比湊還要優越。

但在「朋友」這層關係面前，那些差距已經縮減成了零。

他真的該嘲笑自己的胡思亂想。

「話說回來，瀨里奈妳還有事要跟我說吧？應該不只是為了自己先回家的事來道歉吧？」

「啊，是的……其實，那個……」

瀨里奈雙手交疊在裙子上，顯得扭扭捏捏的。

然後她彷彿下定決心似的望向湊——

「其實我有一點點……討厭穗波同學。」

「啊？」

真是出乎意料的一句話。

根據瀨里奈的性格，湊立刻判斷她不是在說穗波的壞話。

但即使沒有惡意，他也想像不出為什麼她會討厭對方。

「妳說討厭她……我可以問問是為什麼嗎？」

「穗波同學在國中時成績相當優秀。在我們那一屆，穗波同學都是第一名，我是第二名……」

「咦咦咦！」

湊驚訝到幾乎要跳起來了。

他腦海中浮現出穗波雙手比出勝利手勢的畫面。

那頭過於誇張的金色頭髮，褐色的皮膚，沒穿好的制服。

雖然湊很清楚這是一種偏見，但他仍然無法相信穗波麥會是那麼優秀的學生。

「怎、怎麼可能……」

「怎麼可能？不，是真的。葵同學應該也知道才對。」

「啊，沒有啦，我不是在懷疑。這麼一說穗波還挺會說話的，感覺她的腦袋很好。」

畢竟他才剛意識到穗波麥的思緒很靈活。

雖然湊不太關注其他人的成績，但平時上課時，他很容易看出瀨里奈是一位特別優秀的學生。

那麼——穗波呢？

湊對於上課時的穗波沒什麼印象。

「說起來，我也從來不覺得穗波很笨——不會讀書呢。像葉月那種人被叫起來回答問題時的時候，她就會隨口說『我不會』。」

「老實承認自己不會也是很重要的。」

「……」

瀨里奈總是能為笨小孩找到值得稱讚的地方。

在某種意義上，她或許能成為一名很好的老師。

「只不過，國中時的我還太年輕了。」

「年、年輕？」

「所以，那個……我很在意每次考試都輸給穗波。」

「也就是說，妳覺得不甘心嗎？」

聽到湊的疑問，瀨里奈點了點頭。

湊一直不覺得她是那種很在意輸贏的人，這點也讓人很意外。

畢竟瀨里奈瑠伽是個充滿意外性的女孩。

突然給自己看運動短褲、內褲，以最快的速度和湊變得親近，除了越過最後一線之外，她幾乎什麼都願意讓自己做——

「但是，升上二年級之後——穗波同學加入了小春惠那同學的小團體，開始成天到處玩。」

「啊……」

經她這麼一說，湊想起葉月也是在二年級時加入小春惠那的小團體。

「然後，穗波同學的打扮就變得越來越誇張，頭髮從黑色變成棕色，再變成金色……胸部也變得很大很性感，連裙子底下的大腿也——」

「不對不對，我們不是在說成績嗎？」

穗波是什麼時候變得那麼性感的呢——

雖然湊對這點非常好奇，但是讓話題偏得太遠也不太好。

「抱、抱歉。呃，穗波同學……因為玩得太過火，成績下滑，不知不覺間我就成了第一名。」

「……唔，也是會有這種事嘛。而且就算穗波沒有成天在玩，瀨里奈最後也可能會贏過她喔。」

國中生的成績不是會常常大起大落的嗎？

至少湊自己的成績就不是固定不變的，也常看到身邊有些朋友每次考試的分數差異很大。

「我也不是要安慰瀨里奈，但我說得應該沒錯吧？」

「是啊……或許是吧。然而我這個人一點也不起眼，除了成績好之外，就沒有其他長處了。」

「…………」

雖然這句話簡直就像在等人吐槽，但湊還是勉強忍住了。

「所以我就非常在意穗波同學。然而，穗波同學卻只是成天和葵同學還有小春同學開心地玩樂。」

「瀨里奈，難道妳之所以會來室宮高中，就是因為穗波報考這間學校……？」

「…………」

瀨里奈突然抬起頭，直直地望著湊的眼睛。

「室宮的分數也不是不符合我的成績……但國中的老師說我可以把目標放在分數高一點的學校。」

「我懂了……」

之前湊就很好奇，瀨里奈為什麼和他還有葉月上同一所高中。

看來真相就藏在意想不到的地方。

沒想到瀨里奈竟然與各方面幾乎完全相反的穗波麥有關連——

「那麼，妳現在還是很難和穗波說話嘍？因此今天才會隨便找個理由，一個人先回家？」

「沒有啊，不是喔？」

「竟然不是喔！」

瀨里奈愣了一下，疑惑地歪著頭。

湊本來還以為她接下來要這麼說。

「我覺得穗波同學也想要和湊同學單獨私下玩，所以就把機會讓給她了。其實我很感謝穗波同學。」

「感、感謝？」

「是的。」

瀨里奈點了點頭——

坐著的她彷彿下定了某種決心，滑到湊的身邊。

那長長的黑髮飄來一股酸甜的香氣——

「瀨、瀨里奈？」

「我在國中的時候只顧著讀書。不對，上了高中後也是一樣。雖然有時還是會和朋友出去玩，但我也覺得自己太守規矩了。」

「嗯、嗯……」

湊對她的看法也完全是如此。

瀨里奈在班上待的是文靜女生的小團體，臉上總是掛著優雅的微笑——這就是她給人的印象。

「比起成天讀書拿到第一名，我更羨慕和葵同學她們一起遊玩，看起來充滿活力的穗波同學。」

「羨慕……穗波應該不會覺得自己有那麼特別吧？」

「是啊……可能就像你說的。也許是吧。」

瀨里奈點了點頭。

「所以，我也想像穗波同學那樣和朋友們開心地玩——我真的很感謝能和湊同學與葵同學一起玩。」

「……如果……妳像穗波那樣成績下滑怎麼辦？」

「不會的。」

瀨里奈嫣然一笑，斬釘截鐵地這麼說。

她是認真的——湊感覺自己有點被那份氣勢所震懾。

不過，既然瀨里奈瑠伽已經和湊與葉月玩得那麼開心，她應該也很清楚自己現在的狀況。

尤其是即使她沉迷於和湊的那些情色遊戲，她的學業成績也沒有因此下滑。

瀨里奈有自信，自己在玩樂的同時也不會荒廢學業。

「也就是說，瀨里奈是把穗波當作負面教材，同時兼顧學業與遊玩吧。」

「那、那種說法就好像我把穗波同學當成踏腳石……不、不是的。我沒有那個意思。」

瀨里奈猛力地搖頭。

當然，湊只是在開玩笑而已，但她似乎當真了。

「哈哈，我知道啦。瀨里奈不像我和葉月。妳不僅會玩，應該也能好好地用功讀書吧。」

「湊同學也是這樣的吧。我知道喔，因為我也在湊同學家裡過夜過。」

「咦？」

湊不禁愣住了。

「上次在湊同學家過夜的時候，我幫你那個……用嘴做了差不多三次之後，不是就累得睡著了嗎？」

「啊～那天真是太棒了……可以讓瀨里奈給我躺大腿，一邊讓我吸胸部，一邊用手……除了用嘴巴的三次之外，還要加上那一次吧。」

「那、那次感覺太丟臉了，不能算進去！」

即使瀨里奈做過那麼多色色的事，還是會感到害羞。

湊到現在仍然對瀨里奈保持著清純的印象。

「那個時候……我正好在湊同學的床上睡覺。後來稍微醒了一下，就看到湊同學——正在書桌前用功讀書喔。」

「……沒想到被看到了。」

「房間不開燈的話，視力會變差喔。」

「我會注意的。」

瀨里奈當時就在旁邊睡覺。為了不吵醒她，湊只開著檯燈，在微弱的光線下做習題。

「我可以擅自猜測一下嗎？應該是為了葵同學吧？」

「……我沒那麼為朋友著想。主要是為了自己的成績。」

這是理所當然的事，他沒有說謊。

尤其是他是個沒有什麼特別長處的人。所以既然自己稍微擅長念書，自然就應該多多努力。

「唔，不過我和葉月的關係的確是從幫她準備補考開始的。」

正確來說，是因為再倒回幾個月的小桃搜索事件，但對湊來說，教葉月功課的記憶更加深刻。

「但與其說為了保持成績……應該說那傢伙特別不會念書，我得做好隨時都能教她的準備。」

「湊同學果然是個很為朋友著想的人。正因為你是這樣的人，我也——」

「…………」

瀨里奈紅著臉，一副扭扭捏捏的樣子。

而且因為她還坐在湊的旁邊，那張害羞的臉龐出奇地靠近。

「瀨里奈……」

「……嗯。」

湊不經意地將臉靠過去，輕輕地吻了她的唇。

「啾、啾」地吻了兩次後，他貪婪地品嚐起她柔軟的朱唇。

「哈……♡我也不會排斥被湊同學親吻……我還要……更多……」

這次換成瀨里奈主動靠近，吻了上來。

她還伸出舌頭，滑進湊的口中。

「嗯嗯……啊姆，嗯……♡」

「………嗯。」

湊瘋狂地吸吮著那條舌頭，雙方的舌頭交纏在一起。

沒想到能與既可愛又清純的瀨里奈來一場如此濃烈的吻——

「和葉月的關係是從念書開始的，和瀨里奈的開始卻是從運動短褲開始呢。」

「說得好像我是個怪人……」

雖然她確實很怪——但湊當然不會說出口。

「關係是怎麼開始的不重要啦。重要的是能不能當個關心對方的朋友——瀨里奈妳不也很重視朋友嗎？畢竟只要我拜託，妳就願意做任何事。」

「那、那是因為……我不想因為拒絕要求而被排擠在外。看著湊同學和葵同學玩得那麼開心，我卻獨自被排除在外的話……」

瀨里奈緊緊地抱住了湊。

她那看似纖瘦，其實有著D罩杯的胸部壓了上來。

「是啊，我不會再在乎和朋友比輸贏了……感覺現在已經可以和穗波同學好好相處。雖然今天還沒有做好心理準備……但已經向湊同學說出往事，我相信一定沒問題的。」

瀨里奈緊抱著湊，肯定地這麼說。

雖然她的語氣還是一樣地溫柔，卻聽得出堅定的意志。

「而且我也和穗波成為了朋友，如果瀨里奈也和她好好相處，那就太好了。」

「是的，我現在已經不討厭穗波同學了。她不是我的競爭對手，而是朋友。而且她是湊同學和葵同學的朋友，所以應該也願意……當我的朋友吧？」

「我覺得穗波早就把瀨里奈當成朋友了。」

那位金髮褐膚辣妹的個性比葉月還要爽朗。

她應該連察覺到瀨里奈曾視她為競爭對手都沒有吧。

「呵呵，我好像自己白忙了一場呢……嗯。」

瀨里奈苦笑了一聲，然後輕輕吻了吻湊。

隨後她稍微稍微往後退開，掀起及膝的裙子。

「只要是湊同學……只要是湊同學這位朋友，你想看哪裡都可以。今天真的想看哪裡都可以喔……」

「…………」

瀨里奈高高掀起裙子，露出白色的內褲。

點綴著粉紅色蝴蝶結的可愛白色內褲非常適合清純的瀨里奈。

哪裡都可以，意思就是包括內褲底下的——

「可、可以嗎，瀨里奈？」

「是、是的……畢竟我已經……看、看過湊同學的一切了……」

湊吞了口口水。

在童話樂園時，他和瀨里奈一起洗過澡，已經將她那一絲不掛的模樣牢牢地烙印在腦海中。

不過，其實他還有個地方沒仔細看清楚——

「而且……」

「什麼？」

「我不想再白忙一場了。你和葵同學做過的事，也可以……和我做喔？」

「真、真的嗎？」

湊已經——想要瀨里奈了，但他說不出口。

到目前為止，即使他一直拜託葉月讓自己上。

他卻沒有向瀨里奈如此要求。

湊知道，自己在某種程度上仍然對瀨里奈有些顧慮。

「我可以拜託妳嗎，瀨里奈……？」

「好、好的……如果你拜託，我就沒辦法拒絕了……」

「那麼，拜託了，瀨里奈……首先再讓我看一看內褲吧。」

「請、請看……呀啊！」

湊將瀨里奈壓倒在房間的地板上——

他再次掀起及膝的裙子，露出白色內褲。

「啊嗯……你、你這樣盯著看的話……嗯嗯♡」

瀨里奈害羞地別過臉，但沒有想拉回裙子的樣子。

「可以吧……？」

「既然……你、你都拜託我……我就沒辦法拒絕了。因為我和葵同學一樣，也想和喜歡的朋友一起玩……」

只見別過臉的瀨里奈鬆開領帶，解開襯衫的鈕扣。

這次輪到白色的胸罩露了出來，還能看到尺寸大得令人意外的胸部形成的乳溝。

「我想要下定決心……所以再拜託我一次吧。」

「瀨里奈，那麼……啊，先等一下。我現在沒有那個……」

湊突然大感不妙。

由於他現在住在葉月家，平時購買的十二個裝的那個都放在葉月的房間裡。

「是、是放在葵同學的房間嗎？」

「還有剩下很多個。畢竟最近不常用到。」

「……只有一次的話，不用也沒關係喔。」

「真的假的……！」

見湊大吃一驚，瀨里奈的臉漲得更紅，羞澀地點了點頭。

「第、第二次的話，你要去拿來戴上喔……啊，這種要求太不知羞恥了……」
「…………」
也就是說，第一次時可以直接做，而且不會就這樣結束——
「妳的意思是可以讓我做第二次第三次嗎……？」
「別、別問得那麼直接啦。但是湊同學不會只做一次就滿足……我的嘴巴最清楚了。」
瀨里奈伸出手指，輕輕滑過自己的嘴唇。
那雙湊也很熟悉觸感的唇瓣看起來誘人非常。
的確，每次用瀨里奈的嘴巴時，湊不會一次就結束。
「瀨里奈……」
湊將瀨里奈壓在身下，凝視著她的臉龐。
瀨里奈也將害羞地別過去的臉轉回來——兩人注視著彼此。
既然事已至此，就應該把話鄭重地說出來。
湊下定決心，開口說道：
「瀨里奈，拜託妳了——讓我上吧！」
「太、太直接了吧……可以喔……讓我們一起來玩吧……」
「好……」
湊用力將瀨里奈的白色胸罩向上推，露出大小適中的山峰和其前端。

淡粉紅色的可愛乳頭探了出來，看起來已經又硬又挺了。
即使還沒有碰觸她，瀨里奈也似乎已經興奮起來。
「被這樣看著……好、好害羞……」
「我還想看其他的地方……」
「好、好的……請看吧，要看什麼地方都可以……」
瀨里奈雖然一臉害羞的樣子，但還是點頭答應了。
當然，她的裙子仍然處於掀起的狀態，白皙的大腿一覽無遺。
清純的臉蛋變得紅通通的，長長的黑色頭髮在房間地板上散開。
如此美麗的少女竟然在自己身下露出肌膚。
這種她即將把一切都交付給自己的狀況實在太令人難以置信。
但這就是現實。
為了確認這是不是現實，湊握住瀨里奈的胸部，手指在她的大腿上游移。
他還將舌頭伸向那挺立的乳頭，來回地舔弄。
「嗯嗯……湊同學……♡」
湊抱緊瀨里奈的纖細身軀，確認對方是否接受了自己的索求——
然後沉醉於那甜美的香氣，以及滑嫩的肌膚觸感之中。

「原來如此，你終於也和瑠伽**進展到這一步了啊**。」

「……是的。」

湊上半身赤裸，跪在自己房間的地板上正襟危坐。

在他面前的，是屁股坐在地上的葉月。

葉月在結束與小春惠那的出遊之後，照理來說應該直接回家，不過直覺很強的她卻來到了湊的房間。

然後，她看到了在床上的湊和瀨里奈。

「所以，瑠伽——妳也是被湊拜託之後，兩三下就答應他了嗎？」

「沒、沒有兩三下啦。只是我看湊同學一直忍耐到現在……」

而瀨里奈則是在湊的床上。

雖然她用被子遮住身體，但還是露出了肩膀。

湊知道，在那張被子底下，她除了襪子之外什麼都沒穿。

「是沒錯啦～和瑠伽這樣可愛的女孩子盡情做了那麼多事之後，沒有做到最後一步反而會很奇怪呢。」

「對呀對呀，我也很佩服自己能忍到現在。」

「別在那邊炫耀！真是的，只因為瑠伽人太好，你就要妳讓你做到最後……你這傢伙未

免太享受了吧。」

葉月惡狠狠地瞪著湊。

葉月說得沒錯，世上應該沒多少能像他這麼享受的男人了吧。

辣妹型美少女葉月，清純型美少女瀨里奈。他擁有兩位類型不同，卻具備頂級美貌與身材的女性朋友。

湊非但與這兩人發生關係，而且兩人都還是第一次——

能夠獨占葉月和瀨里奈這兩位美少女的第一次，如果這不是享受，什麼才是享受呢？

「所以呢，瑠伽……妳感覺怎麼？」

「什、什麼怎麼樣……」

瀨里奈的臉瞬間紅到了耳根。

「只、只能說……太棒了……」

「那不就跟人家的感想一樣嘛。」

「……呃、呃……老、老實說，我不太清楚湊同學做了什麼。還在恍惚時第一次就結束了……」

「咦，不太清楚？難、難道不會痛嗎……？」

葉月將手撐在床上，將身體湊到瀨里奈前。

這時她背對著湊，包在黑色安全褲裡，充滿彈性的臀部一覽無遺。

由於葉月還沒回家，這時的她難得地在湊的房間裡穿著安全褲。

「啊……痛、痛當然是會痛……不、不過湊同學花了很多時間……應、應該說是幫我放鬆嗎……所以已經滑滑的，讓人很意外……」

「妳說得很含糊耶，雖然還是聽得懂啦……」

葉月回過頭瞪了湊一眼。

「痛是會痛，不過湊同學的技巧很好……舒、舒服得就像身體漂起來一樣。然後，但那也很棒……」

「…………」

連湊也因為聽了瀨里奈的描述而感到害羞。

雖然黑髮清純的她個性少根筋，沒想到會講得如此露骨。

「因、因為太舒服了……結、結果我就對湊同學要求了好多次……」

「……原來如此，原來如此。」

葉月連連點頭。

湊越聽越害羞。

他鉅細靡遺地想起了達到高潮的瀨里奈反弓起身體，叫得連隔壁房間都能聽到聲音的樣子。

「嗯，湊壽也同學。」

「……已經有好幾億年沒聽過有人叫我的全名了。」

「不，人家並不是在生氣喔。」

葉月離開床舖，用小鳥坐的姿勢坐在地上。

「畢竟阿湊和瑠伽也是朋友。就算你們私下玩，人家也沒有生氣的理由。而且今天人家也和朋友出去玩了。」

現在是晚上七點前。

她回來得意外地早。

「我們去唱了KTV，然後還去了斯波迪。」

「妳、妳和小春同學都好有活力啊。」

「我們徹底地活動了一番筋骨。惠那那傢伙運動神經很好，今天在玩三對三的籃球時候，我們甚至還打敗了不知道是哪個學校的籃球社的同齡女生。」

「我是不是該說恭喜……」

「嗯，運動過後渾身很舒暢喔。看來你們也徹底活動了一番筋骨呢。」

「是、是啊，用了還滿多的姿勢……」

「阿湊感覺特別通體舒暢呢。說起來喔……」

葉月用力捏住湊的臉頰。

「痛痛痛痛，好痛啊，葉月！」

「瑠伽，妳真的那麼舒服嗎？」

「是、是的……沒、沒想到明明是第一次……竟然會那麼舒服……」

「這樣啊，這樣啊……」

葉月的手捏的更用力了。

「人家有種強烈的感覺……你是先和人家練習得很充分之後，然後再好好疼愛瑠伽。人家就是不爽這點啦。」

「我、我完全沒有那個意思……！」

湊的技術進步是自然而然的。

畢竟幾乎每天都要求葉月跟他做幾次，技術不進步才奇怪。

「……但是，湊同學的技巧真的很好……我因為太害羞了不敢看湊同學的臉，請他從後面來……但是他動的方式和力道都恰到好處……」

「竟、竟然直接先從後面開始做？」

「是、是的。中間我們也有換成面對面，但大部分還是從後面……第二次稍微習慣之後，就改成面對面抱著對方……那種感覺真的很棒喔。一邊親親，一邊激烈地……」

「瑠伽，妳真的什麼都會老實說出來呢……」

葉月聽到這裡也不禁傻眼。而跪在地上正襟危坐的湊則是越來越尷尬。

「對、對不起，我覺得跟朋友之間不應該有祕密。」

「……那麼這就是全部的經過了？」

「差不多……啊，第一次時是直接做到最後……第二次的最後是我主動用嘴……」

「居、居然一來就做兩次……所以你們到最後都沒有用那個嗎？」

「雖然葉月的房間裡有，但是不想浪費時間去拿。」

湊老實地承認了。

「下次我會另外買一個專門和瀨里奈用的……」

「這傢伙還很想以後繼續做啊。」

葉月狠狠瞪了一眼湊。

湊突然有種既視感，彷彿以前也遇過這種場景。

她簡直就像在質問偷吃的渣男。

「算了，這樣一來，我、瑠伽、阿湊……就可以三個人一起玩到最後了。」

「妳沒問題嗎，葉月？」

「有什麼不行的理由嗎？」

「……沒有。」

如今除了葉月以外，連瀨里奈也願意跟他做。

對湊來說，沒有理由不接受這種最棒的現狀。

「不過，瑠伽妳先去洗個澡吧？」

「啊，好的。」

「在妳去洗澡的時候，得先處理一下這裡。比如說這個。」

「呀……！」

葉月掀開床上的被子，露出瀨里奈制服半脫的樣子。

被單下——**整個變得一團亂**。

「床、床單竟然變成這樣……雖然會痛，但我沒想到會染得那麼紅……」

瀨里奈扭扭捏捏地害羞著。

「對、對不起，湊同學！我、我會洗的！」

「瑠伽沒有必要道歉啦。真要說的話，這是阿湊搞出來的。」

「是、是啊。妳別在意，瀨里奈。」

湊這才意識到得換掉床單了。

他第一次和葉月做的時候，是在葉月的房間——但這次在自己的房間得到了瀨里奈的第一次。

這張床單是不是別洗了，留起來當作紀念呢？

湊腦中想著這種噁心的念頭，同時具體地感受到與兩位女性朋友的「遊戲」已經進入全新的階段。

# 6 女性朋友對校慶興致勃勃

Onna Tomodachi ha Tanomeba Igai to Yarasete kureru

「那個終於來了！阿湊、瑠伽，你們準備好了嗎！」

「準備？」

「我們剛才在說什麼來著？」

「別忘了啊！是在講校慶的準備啊，校慶！」

「啊，對喔。」

「這樣啊……」

聽到葉月的話，沉浸在親吻之中的湊和瀨里奈這才分開。

今天大家在葉月的房間集合。

最近湊經常在葉月家過夜，因此比起湊家，大家更常在這裡聚會。

湊和瀨里奈雖然像往常一開始就先接吻，但他們今天聚在一起不是為了玩，而是為了其他的事。

「不過話說回來，衣服還是得脫啦。」

「是啊，這樣反而剛剛好呢。」

「嗯？衣服？衣服不是本來就該脫掉的嗎？」

「正常來說都是穿著啦。一般和朋友玩的時候衣服都是穿著的喔。」

葉月瞪了湊一眼。

這三人都明白，他們之間建立的友誼關係與普通人有些不同。

「這麼一說，妳們兩個好像帶了什麼過來？」

除了書包之外，葉月和瀨里奈今天還各自抱了一個大紙袋。

「裝什麼傻。當然是校慶用的服裝啦。」

「啊……」

雖然湊聽她們說要討論校慶的事情，對於具體要做什麼卻一無所知。

一聽到要三個人聚在一起，他就會不由自主地想到做那檔事。

「不過，感覺有點害羞呢……我們班的攤位還有其他選擇才對……」

「妳在說什麼啊，瑠伽。」

葉月站了起來，緊握拳頭。

「女僕咖啡廳不是超棒的嗎！」

「唉……已經決定是女僕咖啡廳了呢。」

瀨里奈似乎有些不滿。

按照室宮高中的行事曆，十一月下旬將會舉辦校慶。

湊他們的班級打算在校慶上擺攤開店。

有著葉月那群社交咖小團體的班級，不可能只是隨便搞個展示就算了。

全班人都心知肚明，他們一定會大張旗鼓地擺攤開店。

店的種類是女僕咖啡廳。

正如字面上的意思，那是女生們扮成女僕接待客人的咖啡店。

「唔，女僕咖啡廳啊……這種時代辦女僕咖啡廳，要說老套也是很老套。」

「阿湊，你不要也在抱怨啦。就算想在校慶上做什麼奇特的事情，學校也不可能同意啊。」

「那倒也是。」

現在，學校也因為合規性問題而對社會的反應過於敏感。

到頭來，就只能做些老套的東西。

「老實說，我們也考慮過角色扮演咖啡廳。」

「那跟女僕咖啡廳差不多吧？」

「妳太淺了，瑠伽。如果開角色扮演咖啡廳，那就不只是女僕，還可以有兔女郎、護士、迷你裙警察之類更色的打扮喔？」

「如果選角色扮演咖啡廳，我可能就會轉學了……」

「妳有那麼討厭喔？」

她的話讓葉月大吃一驚。
瀨里奈是出於某些複雜的原因，才會特地考進室宮高中。
不過她似乎寧可放棄這所高中，也不願參與角色扮演咖啡廳。
「不過『角色扮演』的範圍太廣，很難整合成一個主題，所以就決定做女僕咖啡廳了。」
「女僕也是角色扮演啊。沒必要特地改成女僕咖啡廳吧……」
「大家其實都很想玩玩看角色扮演喔。雖然在這個時代角色扮演已經不稀奇。但在學校裡面玩就不一樣了呢。」
「那種『角色扮演已經不稀奇』的說法，就是社交咖的思維模式呢……」
湊就因為這點而感到抗拒。
角色扮演這種東西就該在網路或電視上看，而不是自己實際下場玩。
「別說什麼社交咖啦。大家在KTV包廂裡也會玩角色扮演，萬聖節或聖誕節時不也會隨便扮裝一下嗎？」
「不，我才不做那種事。這麼一說，我記得夏天和葉月那群人一起去玩的時候，妳們就有在KTV玩角色扮演……」
葉月和穗波麥她們都穿上動漫角色的服裝唱歌。
雖說如此，那也只是披件外套、戴上假髮或兔耳之類的東西而已。

那或許確實可以說是「隨便」扮裝一下。

「那種的太半吊子了。人家還是想正式地玩一次。所以嘍，雖然有各種服裝可以選的形式也不錯，但人家覺得專攻女僕會更好。」

「女僕……女僕啊。」

「怎麼了，瑠伽？妳就那麼討厭女僕嗎？人家覺得暴露程度明顯比兔女郎低很多，難度也比較低吧？」

「拿兔女郎來當比較對象就有問題了……學校絕對不會同意的。」

「的確不可能啦。」

最糟糕的情況是全班都會被老師罵一頓。

「沒有啦，我不是討厭女僕……會感覺害羞就是了……」

「…………？」

湊發出「嗯？」的一聲，感到有點不對勁。

瀨里奈苦笑著搖了搖頭——但那個動作似乎有些不自然。

看來她對女僕咖啡廳有什麼意見。

不過，害羞的瀨里奈會有意見是早就知道的事。

「瀨里奈，妳如果有什麼想法可以說出來喔？」

「呃，呃……葵同學他們想要當女僕是沒問題。不過……」

瀨里奈慌張地揮著雙手。

「為、為什麼只有女生扮裝呢？男生們也可以啊，比如穿上管家服之類的……」

「喔，原來是這麼一回事。」

湊恍然大悟。

瀨里奈會在意這點也是情有可原。不過——

「那不是男生決定的喔？並不是因為男生們想看女生穿女僕服，才會做出這樣的決定。敲定案的是葉月的小團體。」

「還不是因為班長要我決定。」

燦然一笑的葉月如此說道。

事實上，事情的經過正如葉月所說。

班上進行討論時，大家爭論不休，完全無法收場。

因為班裡有不少外向的社交咖對辦活動很有熱情，但熱情過頭反而難以達成共識。

於是班長就把討論的主導權交給班級領袖葉月。

可以說是把整件事的處理都丟給她了。

葉月毫不猶豫地接下任務，很快就做出了結論。

最終的決定是開女僕咖啡廳。

女生穿上女僕裝接待客人，男生則負責把教室改造成咖啡廳，並且在活動當天負責後場。

連工作分配都很快地決定好，幾乎沒有什麼爭議。

毫無疑問地，葉月的領導能力遠遠超過班長。

「葵同學，男生要負責全部的裝潢工作，不是會很辛苦嗎？討論時也有人提出這種意見……」

「然後葉月不是就說『那我們改成男生來角色扮演吧』嗎？簡直嚇死人了。」

於是男生們一致決定接下內部裝潢的工作。

以葉月她們的性格，根本無法幻想可以做什麼帥氣的角色扮演。

她們一定會強迫男生穿上稀奇古怪的裝扮。

部分社交咖男生抗拒得特別強烈。

他們不介意逗人笑，但絕對不想讓自己成為笑柄。

看來社交咖有很高的自尊心。

如果要湊在麻煩的後台作業與穿上角色扮演服裝成為笑柄之間選一個，他可能會猶豫不決。不過——

「唔，我們還是做粗活比較好吧……」

「別說是粗活啦。聽起來好像是我們強迫你們。」

「沒有啦，我是說比起站在人前，在後場做事會比較好。只是成為笑柄還好，如果把場面搞冷就很糟糕了。」

「阿湊，你意外地會在意奇怪的地方呢。」

「邊緣人有時候比較愛面子喔。」

如果是社交咖，即使把場面搞冷，或許還能把那種狀況轉變成笑點，但湊和他的同類可就沒那麼高明了。

「嗯，還是讓女生當女僕比較保險吧。客人們也許都很期待喔。」

畢竟湊他們班上有很多葉月、瀨里奈、穗波這樣的美少女。

比起叫男生來角色扮演，以女高中生女僕為主力一定更受歡迎。

「而且女生們也不反對，那就沒問題了。」

「我不記得同意過當女僕耶……不知不覺就變成得扮裝了……」

「別說傻話了。如果瑠伽不扮，別班的人會有意見的。」

「沒、沒有那回事吧……？」

很遺憾，就是有那回事。

不對，湊一點也不覺得遺憾。他很想很想看到瀨里奈扮成女僕的樣子。

「這已經不只是我們自己班的問題了。如果瀨里奈不當女僕，最壞的情況下，全校學生可能會暴動。」

「再、再怎麼說都不可能有那種事吧！」

「是真的是真的。瑠伽應該要認識到自己有多受歡迎喔。」

不知道說出這句話的葉月有沒有認識到自己受歡迎的程度，或是她小看了自己的人氣。

如果葉月扮成女僕，能吸引多少客人呢？

每班的攤位會依照顧客的投票來決定排名，他們班要得到第一名也不是夢想。

「好吧，反正衣服也已經準備好，就只能豁出去了。」

「沒辦法……現在說要退出也太晚了……」

女生的服裝是全班一起準備的。

因為是要用校慶的班級預算來購買。

但某些強者似乎有「自己的角色扮演服裝」。

至於為什麼那些人會有自己的女僕裝——這個疑問應該別追究比較好。

「不過，就算是女僕裝，也有各式各樣的種類耶？」

「你很懂嘛，阿湊。」

「是啊，畢竟遊戲裡經常出現女僕嘛。」

黑白色調、長裙式的古典女僕裝。

秋葉原的女僕咖啡廳裡常見的迷你裙女僕裝。

除此之外，女僕裝的顏色也不僅限於黑白兩色，還有紅色、粉紅色等各種顏色。

在遊戲，那些服裝經常被當成特殊服裝，可以在滿足某些條件後開放使用。

對像湊這樣的阿宅來說，那已經是再熟悉不過的服裝了。
「首先，人家和瑠伽會試穿一下，然後拍照。你知道怎麼做吧，阿湊？」
「嗯。」
葉月很快地就不知道從哪裡弄來女僕裝。
紙袋裡裝的就是那些衣服。
葉月和瀨里奈會被選為試穿的模特兒也是理所當然的發展。
「那麼，葉月、瀨里奈，妳們要穿什麼樣的女僕裝？」
「等一下就會看到了，敬請拭目以待嘍♡」
「請、請不要笑我喔？」
葉月脫下了敞開的白色襯衫，接著脫下格子迷你裙。
她的內褲也是黑色的，修長的大腿白皙動人。
瀨里奈也脫下白色襯衫，再脫去比葉月稍長的裙子。
她的胸罩和內褲都是白色的絲綢。
「好了～換衣服的清涼畫面就只能看到這裡。」
「是、是啊。我比較希望你看到的是把衣服穿起來的樣子。」
「啊～我明白了。」
雖然湊想一直欣賞胸罩和內褲的美景，但她們說得沒錯。

與其看著她們一件件換衣服，還不如一口氣看到穿好女僕服的樣子。

「不，不過……如果不會花太多時間，在那之前……」

「呃，呃呃……要不要……玩一下胸部……？」

葉月和瀨里奈在湊面前彎下腰，露出乳溝——然後微微拉下胸罩，讓各自的可愛的乳頭探了出來。

粉紅色的小巧乳暈與堅挺的乳頭，看起來色情到了極點。

當然，湊沒有拒絕的理由——

任他予取予求兩位女性朋友，今天也是棒到不行。

在充分品嚐了兩人可愛的乳頭，接著讓葉月用胸部、瀨里奈用嘴巴服務之後……

湊來到葉月家的客廳，拿起手機打發了一會時間——

「阿湊，準備好了喔～」

「讓、讓你久等了！」

葉月的房間傳出兩人的聲音，於是湊起身走回去。

他在那裡看到的是——

「怎、怎麼樣？人家這樣子很不錯吧～？」

「還，還是好害羞喔……最害羞的可能是被湊同學看到……」

「……感覺好讚啊。」

湊目瞪口呆地看著兩人。

「哼哼，是吧是吧？你很老實嘛。」

葉月穿著迷你裙女僕裝。

短到不能再短的裙子搭配著過膝襪。

胸口開得很低，直接就能看到乳溝。

「請、請不要一直盯著看……」

瀨里奈則是穿著古典的長裙女僕裝。

她將黑髮編成兩條麻花辮，頭上的白色髮箍很適合她。

「呃……那、那麼，妳們兩人能不能順便讓我看看內褲……？」

「笨、笨蛋！一開口就是那句話啊！」

「湊同學還是一樣對我們的內褲很感興趣呢……」

湊已經看遍葉月和瀨里奈身上的每個角落。

即使如此，他還是會不惜下跪央求也要欣賞兩位可愛女性朋友的內褲。

那種意志恐怕永遠都不會改變吧。

「這、這樣可以嗎……？就算是人家，擺這種姿勢也是會害羞的喔。」

葉月雙手雙膝著地，翹起了屁股。

這簡單的動作就讓短裙隨之掀起，微微露出白色的內褲。

看來葉月趁著換裝之際，順便也換了件內褲。

「那、那我這樣……可以嗎？」

瀨里奈則是站著，提起長裙女僕裝的裙襬。

性感的吊帶襪出奇地適合清純的瀨里奈。

她也換上了新的內褲，是粉紅色的。

「不得了啊～實在太棒了……但是葉月，妳的裙子那麼短，不會隨便就被看到嗎？」

「是、是這樣的，正式上場時當然會穿安全褲啦。」

「說、說得也是……那麼短的裙子還是別穿一般內褲比較好。」

至於瀨里奈，雖然她可以隨時害羞地給湊看內褲，但不代表她喜歡露內褲。她其實是很有警戒心的。

「所以說啦，真拿你沒辦法。這是只給阿湊的特別服務喔♡迷你裙女僕的內褲……給你看吧♡」

「可以看到長裙女僕內褲的人……就只有湊同學這位朋友喔♡」

「…………」

「呀，喂，動作這麼快♡」

「討厭♡想、想做是可以啦……但、但是不能弄髒衣服喔♡」
湊忍不住撲了上去，一把抱住兩人。
葉月和瀨里奈一邊笑著，一邊倒在房間的地板上。
當然，那不是因為湊硬推倒她們，而是她們自己開玩笑地倒下去。
「真是的，你太猴急了吧♡」
「呀，裙子又掀起來了……♡」
葉月趴在地上，屁股對著湊。
瀨里奈則是仰躺著，長裙掀起露出內褲。
「你們兩個聽我說。只、只要一次就好……」
「我、我就知道你會這麼說……這次真的就只能做一次喔♡」
「第一次時……那個……不能弄髒衣服，所以必須戴……脫掉後就可以直接做了……之後要做幾次都可以……♡」
「好、好的……」
湊吞了一口口水。
沒想到竟然可以一次和兩個人一起做。
而且，葉月和瀨里奈今天還都穿上了女僕服。
「能讓兩位女僕朋友同時一起做……簡直太棒了。」

「你呀，什麼都說太棒太棒。」

「什、什麼女僕朋友啊……不對，確實是這樣沒錯。」

葉月和瀨里奈紅著臉露出苦笑。

「真的有夠棒。那麼就讓我多看一下……女僕朋友的內褲吧。」

接著湊為了能更仔細地觀察葉月的臀部和瀨里奈的內褲，於是就一屁股坐在地上。

面對這兩位可愛的女性朋友色情無比的角色扮演裝扮，根本不會有什麼都不做的選項。

「啊，如果你有戴……人家可以再來一次……不對，要幾次都可以……」

「葵、葵同學，妳反悔得也太快了吧……這、這樣好了，如果弄髒，洗一洗就可以了……所以不戴也沒關係喔♡」

「瑠伽，妳也反悔了嘛。話說回來，妳實在太寵阿湊了……竟然讓他可以不戴……♡」

「葵、葵同學也是啊……妳不是說只要戴的話，做幾次都可以……♡」

葉月趴在地上，將屁股翹得高高的，一邊若隱若現地露著白色內褲，一邊將飽滿有彈性的那邊露給湊看。

瀨里奈則是仰躺著，抓緊長裙的下襬往上拉，露出粉紅色的內褲。

目睹如此場景，根本不可能有人忍得住——

「好，今天就不戴了，拜託讓我愛怎麼做就怎麼做吧！」

「真、真是的，阿湊，你對女僕興奮過度了吧……那麼今天就特別一點……一開始不戴也可以喔♡」

「我、我會努力把我和葵同學的都洗乾淨……因此隨便你盡量弄髒吧……♡」

兩位女性朋友臉紅得不能再紅，但還是開心地笑著。

看來因為穿著不同於平時的服裝，今天放學後的遊戲似乎能玩得比以往更加痛快呢。

「那麼，今天我們就來決定女僕咖啡廳的大方向吧。」

「…………」

女僕服亮相後的第二天，下午上課時——

班上舉行了準備校慶的班會，同學們可以藉此盡量討論。

站在講台上的是葉月葵。

「大家好，請大家踴躍發表意見喔。」

站在葉月旁邊的則是穗波麥。

看來她志願擔任記錄的工作。

黑板上寫著「女僕咖啡廳的經營方針」，雖然字跡有點潦草，但寫得很漂亮。

該不會穗波麥不僅聰明，還學過書法之類的吧。

湊一邊這麼想著，一邊乖乖地坐在自己的位子上。

他並沒有打算舉手發言——但這不是因為不夠積極。
其他的男生也差不多，似乎不太想參與討論。
因為女僕咖啡廳這件事已經由班上的女生主導。
即使是運動社團的社交咖男生們也不敢輕易插嘴。
由於在某種意義上這樣很輕鬆，湊只想靜靜地待在一旁看。
「首先，大家有看今天早上傳到班級ＬＩＮＥ群組的照片嗎？」
葉月微微舉起自己的手機。
班上大多數的人也跟著拿出手機，查看螢幕。
湊也開了ＬＩＮＥ群組，觀看畫面上的照片。
「…………」
穿著迷你裙女僕裝的葉月葵。
身著長裙女僕裝的瀨里奈瑠伽。
葉月直挺挺站著，瀟灑地比出勝利手勢。
瀨里奈也同樣站直身體，雙手疊在前面，害羞地微笑。
她們之所以站得那麼直，是為了展示整件女僕服的樣子。
若非如此，葉月在姿勢上應該會更加用心。
「就像大家看到的，這是人家和瑠伽——瀨里奈同學試穿女僕服的照片。兩種都真的很可愛。雖然自己這麼說有點太臭屁了。」

葉月這麼說完，那群社交咖女生們就哄堂大笑。

雖然她的話沒有特別好笑，但社交咖就是想笑就笑的那種人。

「不過——看了這兩種女僕服，人家覺得我們還是得做出決定。」

湊在內心嘀咕著，事情果然變成這樣了。

當然，葉月和瀨里奈的照片是湊拍的。

而且那還是尺度最保守的照片。

湊的筆記型電腦之中，塞滿了只能放在自家硬碟裡的煽情女僕照。

然而，那些照片不知道該說是女僕照、內衣照，還是裸體照才好……

總而言之，他早上時就把這兩張最沒問題的照片傳到全班同學都加入的LINE群組上。

雖然有大概一位的黑長髮良家千金曾抗議：「雖然傳照片是不得已的，但至少臉上打點馬賽克吧……」

但是如果打上馬賽克之類的東西，照片上的氣氛就會完全不一樣，因此這個提議被駁回了，瀨里奈最終也只好同意。

能合法地得到葉月和瀨里奈，這兩位班上引以為傲的美少女的照片，讓不少男生欣喜若狂。

這不是什麼大問題。

但是，比這更麻煩的是——

「所以，關於女僕咖啡廳的經營方針，我們有兩個選擇！」

葉月一邊說一邊轉過身去，穗波則是用粉筆在黑板上咔嚓咔嚓地寫著字。

古典英國風格。

現代派對風格。

粉筆的白字寫上的，就是這兩段句子。

「那麼，我們班要選擇哪一種女僕咖啡廳呢！」

對於在這兩個選項中選擇何者為為女僕咖啡廳的服裝，班上是意見分歧。

之所以會意見分歧，都是因為女僕裝的關係。

適合葉月穿的那套迷你裙女僕裝的光鮮亮麗，五顏六色派對風格女僕咖啡廳。

適合瀨里奈穿的那套長裙女僕裝的傳統英國風格女僕咖啡廳。

簡單來說，問題在於要將店內打造成什麼樣的風格——大家就是在這點上意見分歧。

「但是啊，葵。不管怎麼選，我們都做不出那麼精緻的裝潢吧？」

「看是要出女僕精神十足地喊出『萌萌啾～』那種老套演出，還是要讓帶著文靜氣質的女僕以清純的語氣喊出『歡迎回家，主人』。這兩者完全不同喔。我們必須好好決定一下基礎概念。」

「喔，我懂了。」

葉月回答了負責記錄的穗波的詢問。

看來聰明的穗波是先幫班上其他人問了這個他們可能會有的疑問。

這兩種風格確實完全不一樣，不僅是女僕裝的群擺長度，連裝潢也有所不同。因此必須早點做決定。

對男生們來說也無法置身事外。

「應該還是選迷你裙女僕裝吧？要是做得太認真，會嚇跑客人吧。反正大家都穿著制服和迷你裙，這樣不是挺好的嗎？」

「慢著慢著，別忘了這是學校的校慶啊。別弄那種派對咖風格的咖啡廳，應該要弄一個能學習英國文化的正宗女僕咖啡廳比較好吧？」

葉月小團體的女生們和女生中的好學生突然就出現了意見衝突。

從這裡開始，女生們很快地分成兩派開始爭論。

「…………」

湊瞥了一眼梓琴音。

她是湊的第一位女性朋友，雖然前幾個月有些疏遠，但最近友情又恢復了。

梓露出苦笑，似乎不太想加入爭論。

當然，班上也有保持中立的人，但既然存在兩個有力的派系，他們很難保持旁觀者的立場。

湊有點擔心梓會不會有問題——但看起來他現在已經沒有心思顧及他人了。

「我們班有葉月葵在嘛！開放一點的店面才能發揮葵的魅力對吧！」

「所以我說等一下。妳沒忘記還有瀨里奈瑠伽吧？有漂亮的黑髮女僕幫忙泡紅茶的寧靜咖啡廳——才是最棒的！」

不知不覺間，葉月和瀨里奈就被推舉為兩派的領袖。

感覺湊他們這些男生越來越插不上嘴了。

「那、那個……」

瀨里奈舉手站了起來。

轉眼間，班上所有人的視線都集中到了瀨里奈的身上。而她雖然顯得有些怯場，但還是說了——

「我覺得……這不是什麼值得吵架的事……雖然很抱歉，我個人覺得採用派對咖風格之類的現代型……？的那種經營方向也沒關係……」

「不行吧，瑠伽。」

「咦，不行？」

「如果瑠伽說那種話，妳要那邊已經堅定主張的女生怎麼辦？」

「這、這個嘛……」

葉月所說的「那邊的女生」似乎是指「英國派」的女生。

「而且，不能這麼輕易就退讓喔。這是全班的活動，我們得討論出所有人都能接受的共識才行。」

「咦……」

葉月的話讓瀨里奈有些不知所措。

這也是理所當然的，因為瀨里奈是那種寧願避開衝突也不會堅持自己意見的人。

但既然大家已經展開討論，葉月所說的也有其道理。

「我們這輩子可能就這麼一次在學校辦女僕咖啡廳了。既然如此，我們就得徹底討論過才行！」

葉月顯得異常地賣力。

應該說，葉月似乎像是享受爭論過程的那種人。

「真是的，葉月那傢伙……」

湊小聲嘀咕著。

老實說，不管是派對咖風格還是英國風格，湊都覺得無所謂。

對於負責幕後工作的男生，也只是製作的裝飾與看板種類不同，工作量和難度沒有太大差別。

但他也明白，如果就這麼說出口，一定會被認真討論的女孩子們白眼。

「欸，阿湊。你覺得結論會怎麼樣？」

旁邊的男生小聲地問他。

「不管會怎麼樣……時間都已經不多了，真希望她們快點決定。」

「真鎮定啊。雖然你說得沒錯啦。」

勞力工作多半是男生處理。

若是討論拖太久，決定不了方針，就永遠開不了工。

最後就是沒時間進行作業，只能匆忙趕工。

「不知道誰會贏喔。阿湊，你賭哪一邊？」

「我才不要賭。葉月的小團體人數雖少，但都是班上引人注目的人物。」

就湊來看，支持派對咖風格的大多是葉月小團體的人。

她們頂多也就六、七個人，但每個人都很有話語權。

「感覺瀨里奈派靠的是人數優勢。換句話說，雙方是勢均力敵。」

「看來是這樣沒錯。」

旁邊的男生這麼說著，湊點了點頭。

除了葉月小團體的女生，班上還有十二三個女生。

她們大多數人好像都嚮往那種低調但帶有高貴氣息的英國風格。

最重要的是，她們似乎都被瀨里奈那清純的女僕裝扮感動了。

今天，教室裡隨處可聽到女生們談論這件事。

「話說回來，這感覺就像是葉月與瀨里奈的對決嘛……」

葉月小團體嚮往葉月那華麗的迷你裙女僕裝扮，其他女生則嚮往瀨里奈那清純的長裙女僕裝扮。

這兩人之中，誰會主導這個班的女僕咖啡廳——

簡單來說，這次的問題就是這麼一回事。

「兩人的一對一對決啊。最後會有什麼結果呢？」

「加油啊，阿湊。」

「啊？跟我有什麼關係……」

話說到一半，他突然覺得也許真的是這樣。

湊和葉月的關係很好，這已經是眾所皆知的事實。

最近，全班也都知道他也和瀨里奈關係親密。

「大家期待我什麼啊……？」

湊喃喃地自言自語。

搞不好，他會被迫負責調解兩股對立的勢力也說不定。

晚上的葉月家——

當然，湊還是住在葉月家。

今天他仍然單獨和葉月待在這個家裡。

晚餐是湊準備的白飯和味噌湯，再加上超市買來的熟食就解決了。

之後，兩人就無所事事地待在客廳。

「嗯……唔……」

葉月正在做伸展運動幫助消化。

看來她不僅運動神經出色，身體也很柔軟。

她大大地張開腿坐在地上，將身體平貼在地板上，展現出優越的身體柔軟程度。

「真難想像妳可以把身體彎成那樣。」

「你在那邊感嘆什麼啦。阿湊也要試試嗎？你看起來身體挺僵硬的。」

「我絕對做不到妳那種一百八十度開腿……」

葉月隨意地就將腿開成幾乎一直線，一般人很難做到那個樣子。

「只要每天做伸展運動就能做到啦。阿湊你是本來就運動不足。」

「要是沒參加社團活動，這樣算正常吧。是葉月妳運動過頭了。」

雖然她總是想吃什麼就吃什麼，但葉月有在努力維持那出眾的好身材。

葉月穿著色彩鮮豔的粉紅色小背心，搭配黑色的安全褲。

小背心露出胸口的深溝，安全褲緊貼著身體，讓臀部的形狀清晰可見。

每當她彎下腰貼近地板時，胸前就會露出更多的乳溝。

雖然湊很想把整個臉埋進那條乳溝之中，但太過猴急就顯得太沒格調了，於是他忍了下來。

「不過，剛吃飽飯不是最好別做那種激烈運動嗎？」

「就是因為剛吃飽飯，才要多活動來幫助消化啊。而且人家也沒有吃那麼多。」

「啊……我真的好想念瀨里奈做的飯菜啊。」

葉月也是這麼想的。每次瀨里奈負責下廚時，她總是會吃得比平時更多。

「唔，人家不討厭速食就是了。應該說要是看到湊開始做起炒飯或咖哩之類的，人家就會焦慮起來。」

「沒什麼好焦慮的吧。話說～我還會做火腿蛋喔。」

「火、火腿蛋……！你什麼時候連那種中級料理都學會了？」

葉月的臉露出驚訝的扭曲表情，不過就算她的表情扭曲也還是很可愛。

「那連中下程度都不算。是基礎中的基礎喔。」

湊沒有特別經過練習就能做出火腿蛋了。

但他認為火腿蛋是早餐吃的，早上時又懶得做飯，所以從來沒有機會秀給葉月看。

「火腿蛋這種東西用微波爐也能做啦。」

「人家可不認同那種做法。如果沒有在平底鍋上倒油，那就不算是料理！」

「妳明明完全不會做飯，哪來的那種堅持……？」

湊到現在還無法完全理解葉月的思考邏輯。

「不過嘛，瑠伽煮的飯是真的好吃沒錯。」

「上次她做的奶油煎鮭魚真的太好吃了。要經過什麼樣的教育才能做出那樣的料理啊……」

「那種東西在速食店或便利商店根本吃不到。」

「老實說，我真的希望每天都能吃瀨里奈煮的飯。」

「然後順便吃瑠伽對吧。」

「對對，畢竟那種苗條身材已經讓人上癮——不對，不是啦！我是真的很想每天都能吃到瀨里奈的料理。」

「唔，是那樣沒錯啦。話說回來，阿湊，你不打算再向瑠伽學習料理了嗎？」

「本來是有這個打算，但一直找不到機會。」

「不是隨時都可以請她教的嗎？」

「我本來是那麼以為的。」

即使湊想學，瀨里奈也只會說「如果你想吃，我來做給你吃就好了」。

因此，目前湊的料理能力仍然很有限。

「瑠伽應該是更喜歡親手做飯給別人吃，而不是教人做。那傢伙就是愛照顧人。」

「是那個原因嗎？唔，反正我再怎麼努力也追不上瀨里奈的廚藝，能讓她煮給我吃當然更好。」

「拜託別人跟你上床，吃別人做的飯。那種人叫小白臉——」

「不是不是，我們只是朋友！她是我的女性朋友！」

但湊其實也有點那麼覺得，所以他急忙否認。

他再次體認到，太過依賴別人煮飯不是好事。

不過，拜託別人跟自己上床這點，他似乎怎麼也戒不掉。

「但是瑠伽也不可能每天都來做飯給你吃啊。」

看起來絲毫不打算學習料理的葉月點頭表示同意。

「說起來～能吃到像瑠伽這樣可愛的女孩親手做的料理實在太奢侈了。而且以湊的情況來說，你還能跟瑠伽一起吃飯。」

「別把話題扯回去啦……」

「比起人家，你**這裡**是不是對瑠伽穿女僕裝的樣子更興奮呀？」

「嗚啊……」

葉月咧嘴一笑，然後用腳逗弄著坐在沙發上的湊的那邊。

「喂，喂……」

「哇，已經變成這樣子喔……被踩竟然會興奮，阿湊你是變態嗎？」
「只、只要受到刺激當然會這樣……」
「喔～難道說穿女僕裝的瑠伽比較刺激？」
「妳還要繼續那個話題啊。」
「還不是因為～拍完女僕裝的照片之後，我們就給你做了嗎？」
葉月一邊踩著那裡一邊瞪著湊。
「人家戴套兩次，瑠伽沒戴兩次，嘴巴也用了兩次。但是葵同學知道喔。在人家隨便洗個五分鐘的澡的時候，你又用了這個**壞孩子**一次對吧？」
「妳、妳怎麼會知道……！」
「你以為人家給你做了多少次呀？光是從氣氛就能看出來啦。啊，不過那個的數量沒有減少，另一次用的是不是嘴巴？」
「不、不是，怎麼說呢……直接來？」
「……瑠伽還真是很輕易就讓你直接進去了……那種的次數絕對比人家多。難怪湊同學的小小湊會那麼興奮。」
「嗚啊……」
葉月更用力地踩著湊的小小湊。
雖然不怎麼痛，但因為太過舒服，差點就要爆了。

「下次人家穿長裙試試看吧～」

「啊，那很不錯喔。」

「笨、笨蛋。但是那種清純的衣服會不會不適合人家？」

「不，我也很想和清純的葉月做……」

「果、果然是那麼一回事！算了，人家早就知道那是阿湊的恭維話。」

葉月終於把腳從湊的那裡移開。

然後噗通一聲坐到湊的旁邊，親了上去。

「嗯，啾……話說回來喔～角色扮演真的會讓人興奮嗎？」

「那、那當然了……所以我們班才會開女僕咖啡廳吧？」

湊讓葉月坐到大腿上，面對面抱著彼此。

他一邊繼續吻著，一邊享受被G罩杯胸部擠壓的觸感。

「那、那麼……要不要人家再穿穿其他的角色扮演服裝，當成謝謝你願意住下來的回禮？就給你一點特別服務吧。」

「嗯～扮兔女郎怎麼樣？」

「你真是劈頭就提出會聯想到性慾的服裝耶。呀啊，喂！」

湊在提議的同時拉開背心的胸口處，露出葉月的胸部。

沉甸甸的豐滿果實半露出來，還露出可愛的粉紅色乳頭。

「討厭～你就這麼想摸胸部嗎？」
「我好想摸個痛快喔。」
「……好吧，那就隨便你摸吧。不過在那之前，先再親一下。」
「好……」
湊一邊輕輕地吻著葉月，一邊觸摸沒有衣物遮蔽的胸部。
「啊，啊嗯，嗯嗯……差、差不多……該上床了吧？還是先去洗澡……？」
「這個嘛……先在浴室來一次，然後上床時……我會戴好的，所以可以拜託一件事嗎？穿迷你裙的就行了，我想再看妳穿一次女僕裝……」
「真是的～那件女僕裝其實很緊，穿起來有點累……今、今天最多只能做兩次喔？」
「只有兩次啊……」
「別露出那麼失望的表情啦～真，真拿你沒辦法。啾。」
葉月一臉為難地親了湊一下。
「人家不想動，你想怎麼用嘴巴或胸部都隨便你……」
「真的假的。好啊，葉月妳躺著，胸部給我用就行了。」
「人、人家是可以用胸部幫你夾一下啦……」
葉月一邊這麼說，一邊將自己的乳頭擠到湊的面前。
「哇！」

就在這個時候，葉月突然大叫一聲。

放在客廳桌上的葉月手機突然震了起來。

「嚇、嚇一跳。你等一下喔。」

「嗯。」

葉月拿起桌上的手機。

「咦？是瑠伽打來的。」

「打電話？怎麼會在這種時間？」

「就是說呀。平時都是用ＬＩＮＥ的……等等，人家接一下。喂喂～」

湊用手勢表示「要我離開一下嗎？」但葉月笑著揮手表示「待著沒關係」。

即使另一頭是雙方共同的朋友，在講電話時還是得顧慮一下，別去聽她們的交談內容。

當然，葉月的性格直率，並不太在意這些。

「…………」

湊感到有些緊張。

葉月和瀨里奈正因為女僕咖啡廳的經營方針而有些爭執。

由於那不是真的在吵架，對方會打電話過來也不奇怪。但是……

「啊，嗯。人家剛好在欺負湊。這傢伙說想看瑠伽穿兔女郎裝喔。」

「我才沒有那麼說——不，我是想看啦。」

湊小聲地吐槽，以免干擾葉月講電話。
那位清純的黑髮美少女絕對很適合穿上煽情的兔女郎裝。
她的胸部沒有本人以為得那麼小，穿上服裝後胸前應該不至於會一片平坦。
「對了對了，下次我們就別管校慶的服裝吧。妳也知道，學校裡不能穿得太暴露。」
她說得沒錯，葉月的女僕裝裙子雖然很短，但那已經是極限了。
露出乳溝的裝扮則是在勉勉強強能獲得許可的範圍吧。
除了乳溝之外，湊當然也想看到更多煽情的角色扮演服裝。
雖然他不想讓其他男人看到葉月與瀨里奈的那種打扮，但如果只有他們三個人，他反倒是求之不得。
「嗯，嗯……咦？啊、啊啊，是那樣嗎？」
「…………？」
葉月的語調變了。
她的聲音聽起來有點困惑。
「知道了，人家會轉告阿湊。哈哈哈，其實妳也不用特地拒絕啦。」
葉月苦笑著掛斷了電話。
「怎麼了？妳們有提到我吧？」
「嗯，瑠伽現在到我們公寓的入口大廳了。」

「咦？在這種時間？」

現在已經快要晚上八點了。

這不是適合女高中生在外遊盪的時間——雖然還不至於如此，但是像瀨里奈這樣的良家千金也不該在這種時候外出。

「這樣很危險耶……那傢伙很沒有警覺心，真是傷腦筋呢。」

「不過瑠伽家就在附近。她可能是臨時起意就跑過來吧？」

「那我們還是提醒她一下吧。啊，所以她要來這裡嗎？」

「她想在湊家見面，因此問人家能不能借用你一下。」

「那是什麼意思？」

瑠伽竟然先找葉月商量，而不是直接找上湊。

雖說如此，湊目前正為了保護獨自生活的葉月而住在她家，所以她會想要先得到葉月的許可也是可以理解的。

這是做事嚴謹的瀨里奈的標準行事風格。

「她今天可能想單獨和阿湊做吧。雖然你偶爾會和人家私下做，但我們最近一直都是三個人一起做呢。」

「是啊是啊……像是邊和葉月接吻邊跟瀨里奈做，或者邊吸瀨里奈的胸邊和葉月……真的是太舒服了。」

「把這種話實際說出口，就會覺得你過得實在太奢侈了……」

「……我無話可說。」

能同時享受兩位美少女的身體，如此的體驗實在太奢侈了。

雖然這已經成為了理所當然的日常，但確實是很夢幻的狀況。

「不過妳說得也對，偶爾還是該好好地單獨與瀨里奈……不不，她不一定是來找我做的吧！」

「哈哈哈，也是啦。嗯♡」

葉月吻了湊一下之後說：

「她大概是來商量校慶的事吧？那些話畢竟不能對**身為敵人的人家**說嘛。真有意思。」

「哪裡有意思……？」

「湊最後會站在哪一邊，這點也很值得期待呢。」

「…………」

葉月露出富含深意的眼神望向湊，看得他心中一凜。

湊突然意識到，在三人以上的團體中與朋友相處時，偶爾會發生這樣的情況。

如果其中兩個人吵架了，剩下的成員就不可能只當個旁觀者。

無論是同性還是異性，與朋友來往時似乎都會出現類似的問題。

# 7 清純的女性朋友有事想商量

當湊下樓來到入口大廳時，就看到瀨里奈一個人孤伶伶站在那裡。
瀨里奈應該有先回家一趟，但她又特地穿回了制服。
「湊同學，對不起，這麼晚了還來打擾你。」
「真是的，妳得小心點啊。」
湊點了點頭。
一個女孩子這麼晚獨自走夜路實在太危險了。
「妳要是想來我家就先說一聲，我會去接妳嘛。」
「咦？啊，不是啦，我今天是搭計程車來的……」
「……原來如此。」
湊沒有想到這個辦法。
一般來說，高中生不會為了這麼短的路程乘坐計程車。
不過對瀨里奈家的大小姐來說，那似乎是相當稀疏平常的交通方式。
「那樣的話就沒問題了……不對，我還是覺得好浪費……」

「不好意思讓你擔心了。不過我也有好好注意安全。」
「嗯，看來是這樣沒錯。」
說到底，湊能不能勝任保鏢都還是個問題。
真要比的話，瀨里奈在戰鬥能力上可能更強一些。
「嗯？那個大包包是什麼？」
「啊，這是……那個……換洗衣服。」
「…………」
瀨里奈雙手抱著一個看起來很重的包包。
原來是換洗衣服啊——湊接受了這個說法。
瀨里奈來湊或葉月家的時候，偶爾會弄髒衣服。
如果有時間，她會拿去洗，有時也會借葉月的衣服回家。
聰明的瀨里奈不會重蹈覆轍，看來她做足了準備。
「那我來拿吧。喔，還挺重的耶。」
「不、不好意思。」
即使瀨里奈似乎更有力氣，但也不能讓女孩子提重物。
「啊，站著聊天也不是辦法。趕快來我家——妳會來我家吧？」
「好、好的。反正內褲也換過了……」

「…………」

瀨里奈的聲音很小，但湊還是把那句話聽得一清二楚。

畢竟瀨里奈到湊的家裡作客時，他沒有什麼都不做的選項。

兩人搭乘電梯到達湊家所在的樓層，開門進入房間。

而湊的父親理所當然地還沒有回家。

他與往常一樣，會很晚才到家。

「天氣有點冷呢。我開個空調，在暖和起來之前稍微忍耐一下喔。」

「沒關係，謝謝。」

瀨里奈端正地跪坐在湊的房間裡。

她的背挺得很直，宛如禮儀課的標準示範。

「瀨里奈，妳該不會學過茶道之類的東西吧？」

「沒有啦，只是稍微受過一點指導而已。」

「原來有學過啊。我連用茶壺泡茶都沒做過，而且我家搞不好連茶壺都沒有。」

「現在的家庭都是這樣的吧。我的茶道老師甚至連寶特瓶裝的茶都能喝得很開心喔。」

「那還滿誇張的呢。」

湊苦笑起來。

看來瀨里奈的茶道老師是個相當開明的人。

「啊，對了。還是得泡杯茶招待一下。妳等等喔。」

「啊，我來泡吧？」

「不用了，妳就坐著吧。」

湊這麼說了之後便走向廚房，將寶特瓶裝的茶倒進水杯，再用微波爐加熱。

現在已經是十一月了，喝點溫熱的飲料會比較好。

雖然只能提供微波爐加熱的茶，讓他有些不好意思。

「多虧了瀨里奈，我才意識到自己連做飯都不會是多麼糟糕的事。」

「咦，那不算什麼壞事吧……就算不會自己做飯應該也不是什麼問題。」

湊一邊喃喃說著一邊拿著茶回到房間，瀨里奈聽了則是一臉詫異。

湊將兩杯茶擺到茶几上。

「我家連個茶杯都找不到，只能這樣子。雖然應該是有啦，只是不知道收到哪裡去了。」

「沒關係的。謝謝你，我先喝了。」

瀨里奈優雅端正地啜飲起茶。

「瀨里奈妳不但會做飯，還會泡茶，生活能力很強啊。像我和葉月這種幾乎一個人生活的人連家事都不會做。」

「高中生這樣很正常啊……我想應該是我有點特別吧。」

瀨里奈放下杯子，苦笑著說。

湊完全同意她的說法，但只能苦笑著應付過去。

不管怎麼說，即使瀨里奈這個人有點特別，也確實比湊他們要能幹。

「我家老爸偶爾也會出差一周左右，到時候就請瀨里奈來照顧我吧。」

「啊，包在我身上！我可以負責三餐，打掃和洗衣服也沒問題！還有……晚、晚上的時候也可以……」

「……開、開玩笑的啦。怎麼能麻煩朋友照顧生活呢？」

瀨里奈會留下來過夜，也會幫忙做飯。

但是湊從來沒有拜託她打掃或洗衣。

「那樣的話，就真的像個女僕了。」

「是啊，不如我來照顧湊同學，藉機會學習一下真正的女僕該怎麼工作吧……」

「不不，那只是校慶上開的女僕咖啡廳而已喔！不用那麼認真啦！」

就算美其名為女僕咖啡廳，裡面的女僕也僅僅是帶客人入座、點餐、準備飲料並送到座位上。

還要學打掃洗衣就太沒意義了。

「也、也是啦。但是……」

「嗯？」

「那個……湊同學……！可以和你商量一下嗎！」
「妳不用那麼緊張。我懂的。」
即使是不太擅長察言觀色的湊，也明白了瀨里奈的意思。
葉月提到瀨里奈找他是為了談校慶的事——
更確切地說，是她在女僕咖啡廳的經營方針上與葉月「對立」的事吧。
「我本來打算稍微整理一下想法後，就會找妳談談。」
「湊同學也在思考這件事呢……」
「畢竟兩位朋友之間出現了爭執嘛。」
「我沒有想要起爭執就是了……」
「葉月在這點上和瀨里奈完全相反啊。」
葉月很享受彼此的對立。而瀨里奈則是不惜改變自己的想法也要盡可能避免與對方對立。
她們在這點上已經不對盤了。
「啊，但我認為葉月並沒有惡意喔。」
「是的，這點我也明白。葵同學就是在……享受這種狀況吧。」
「對對。但說到底，這次終究是學校的校慶，是一場慶典。我覺得……不必起爭執，大家玩得開心就好了。但是——」

「但是？」

瀨里奈疑惑地歪著頭。

「正因為是慶典，發生爭執在所難免。畢竟大家都想要盡全力玩得開心，因此才會希望事情按照自己的要求來進行。」

「原來如此……」

瀨里奈這次則是點了點頭。

「以目前的情況來說，葉月還沒有到那麼認真的地步啦……」

「真的嗎？」

「她剛才的樣子很正常，也完全沒有對瀨里奈生氣。」

「其實……我剛才之所以沒有打電話給你，而是打給葵同學，就是為了確認她有沒有生氣……這樣會不會太卑鄙了？」

「才不會，妳會在意是很正常的。」

湊覺得透過打電話觀察葉月狀況的作法反而顯得她很可愛。

「我也想要做點什麼，但男生好像被排除在外似的。如果有男生隨便就支持其中一方，搞不好反而會使情況惡化。」

「嗚……確、確實是那樣。不對，我沒有要把湊同學牽扯進來。」

「不，要是真的有困難，把我牽扯進去也沒關係。畢竟這是全班的問題，而且瀨里奈……是我的朋友。」

「謝……謝謝。」

瀨里奈突然靠上去握住了湊的手。

湊感到有些不知所措，心想這應該不是那麼值得感動的事吧。

「呃……要不要找穗波商量看看？那傢伙容易接觸葉月，也許會願意幫忙。」

「我覺得可能不太行。」

瀨里奈斬釘截鐵地回答，輕輕搖了搖頭。

「穗波同學是個好人。如果我拜託她，她可能就會幫我的忙。」

「畢竟我們是朋友嘛。不過，接受她的好意有什麼不好？」

「如果她那麼做了，可能就會與好朋友葵同學為敵。雖然我也覺得自己和穗波同學……已經是朋友了，但我不能害她背叛葵同學。」

「說什麼背叛，妳太誇張啦。」

湊不禁又苦笑起來。

友誼固然重要，但她會不會想太多了？

「不過葉月還真的是幹勁十足呢。她好像很享受跟瀨里奈——跟英國派的對立。」

「沒想到葵同學的鬥爭心意外地很強呢……」

「是啊～她絕對是個不服輸的傢伙。在斯波迪比賽的時候，她都會出盡全力想贏我呢。」

湊想起即使是玩休閒的桌球，也會打得胸部晃來晃去，不斷持續激烈拉鋸戰的葉月的樣子。

正因為是遊戲，才更應該要認真——這種理念很有葉月的風格。

「我有點能想像得到那種畫面。畢竟葵同學在體育課時也一直都很認真。」

「我就說吧。」

跑百米時想快上零點一秒，打球時想多得一分。

葉月就是這種人，她絕不會放水。

「那不就很絕望了嗎！這已經是想想怎麼輸得漂亮可能會比較快的狀況了！」

「如果葵同學真的在享受戰鬥過程，那確實是如此……」

「那傢伙是戰鬥漫畫的主角喔？」

沒想到最好的朋友變成敵人時會這麼難以對付。

湊此刻才赫然驚覺，葉月葵這號人物的分量竟然是如此巨大。

「話說回來～我們明明是同班的，為什麼要互相敵對啊！況且距離校慶那天的時間也不多了！」

「葵同學可能覺得即使時間緊迫，也能靠毅力解決吧……」

「有、有可能。那傢伙竟然也可以這麼享受校慶活動的準備期。」

這樣看來，我可能得親自去說服葉月——湊陷入了沉思。

雖然湊原本打算在派對與英國兩種風格之爭裡當個旁觀者，但在接下來的爭執過程中，包括他自己在內的所有男生都有可能會見識到什麼叫地獄。

既然如此——

「看來我得私底下做些事了……」

「話說回來，我聽說湊同學偷偷去見小春同學，私底下做了很多事喔。」

「別說得那麼難聽啦……」

湊意識到，那大概是葉月的說法吧。

「該怎麼辦呢……反正她本人就在上面兩層樓，要不要直接去跟她談判？」

「用這種像在使地板技（註：柔道、摔跤術的地板技（寢技）在日文中可比喻私下進行的交涉行為）的手段真的好嗎？」

「地板技啊……」

她似乎以這個詞彙比喻不在教室裡光明正大地爭論，而是私底下偷偷交涉的行為。

「要用到防身術的話，我是會用地板技，但我不擅長做探尋對方底線那樣的事……」

「葉月大概更不擅長吧。」

像葉月這樣的社交咖，應該更喜歡站著對決。

「嗯，但我現在明白瀨里奈很煩惱了。畢竟妳也不是真的想跟葉月爭嘛。」

「我這輩子都沒有跟人吵過架，希望日子都能過得平平穩穩的……」

瀨里奈說著說著就泛出眼淚，然而湊也無能為力。

「不過我也想被穿女僕裝的瀨里奈服務。就算是迷你裙也ＯＫ。」

「難道我又被朋友背叛了嗎……？」

「說成背叛也太誇張了吧。」

湊哈哈一笑。

「我覺得我不適合穿那件迷你裙女僕裝。」

「啊，對了。如果真的要穿迷你裙女僕裝，下面至少得穿點什麼吧。」

「我、我知道啦。我也沒有勇氣在穿那麼短的裙子時不穿點別的就面對人群……」

「話說妳那件制服裙子也是耶……真的沒問題嗎？」

「你怎麼現在才開始在意這種奇怪的地方啊？」

瀨里奈立刻站起身。

她的裙子長度到達膝蓋——正確來說，是膝蓋上面一點的位置。

室宮高中的女生制服裙子通常會更短一些。

「不是都說超過膝蓋才安全嗎？」

「幾乎沒有人穿那麼長的裙子。雖然不違反校規，但那樣子反而會太引人注目。」

「瀨里奈，不管裙子有多長，妳都很引人注目喔。」

「咦！我頭髮是黑色，制服也穿得很整齊。還以為別人會覺得我太認真很無趣耶……」

「自我肯定感低到這種程度的人也是挺少見的。」

這讓湊開始對瀨里奈的成長環境感到好奇。

「還是說穿回運動短褲？反正只要在和我與葉月待在一起的時候脫掉就好了。就像葉月的安全褲那樣。」

順帶一提，瀨里奈的運動短褲目前正被湊寶貝地收藏在這個房間裡。

它就放在衣櫃的深處，壓在不常穿的舊衣服底下。

由於那東西若是給人看見，很有可能讓湊被當成變態，他不得不藏起來，偶爾才拿出來欣賞一下。

「妳願意的話，每次來我家時，我都可以幫妳脫運動短褲喔。」

「你、你只是想脫吧？」

「不，我其實更想做的是稍微挪開運動短褲，欣賞完從縫隙間露出的內褲後再脫掉。」

「這也太具體了吧！但是運動短褲已經……沒關係，我會小心的。」

瀨里奈站在原地，稍微拉高她的裙子。

白皙的大腿隨即露了出來。

「如果是穿這麼短的裙子，走樓梯的時候才需要很小心，但我的裙子就完全沒問題。」

「這樣啊……」

「呀！你、你要看嗎？」

「總之先給我看一下吧。」

「果、果然會變成這樣……幸好我穿了可愛的內褲。」

湊坐在瀨里奈面前，從她拉起的裙子底下看了進去。

雖然光線不佳看不太清楚，但能隱約看到白色蕾絲的內褲。

「瀨里奈果然還是最適合穿白色的。」

「我一直都穿白色的，不會覺得沒有新意嗎？像葵同學雖然經常穿黑色的，但偶爾也會穿紅色或粉紅色，有時也是白色。」

「今天她穿的是粉紅色呢。不對，今天早上我吸她胸部吸得太久，讓她有點濕，所以後來換成黑色的。」

「我和葵同學的內褲都變多了……因為換內褲的次數也變多了。」

「抱、抱歉。不過脫掉內褲這個步驟果然還是放在最後比較好。」

「我、我們也常常不脫呢……」

「畢竟我還是希望能一直看到內褲嘛！」

「是那樣子嗎……？」

湊默默地，堅定地點了點頭。

「穿著做的感覺最棒了，不過掛在大腿或腳踝上也不錯。」

「那三種模式最常見呢……真的完全脫掉的情況可能從來都沒有過。」
自從湊和瀨里奈越過那條線後，他已經拜託她和自己做很多次了。
那怕是內褲要怎麼脫，他們每次也都會變換花樣以尋求新鮮感。
當然，在談論這樣的話題時，湊的目光依舊緊盯在瀨里奈的白色內褲上。
清純美少女的清純白色內褲是百看不膩的。
即使已經做過那麼多次，光是看到內褲還是能讓他隨時興奮起來——湊壽也就是這樣的男人。
「糟糕……說真的，我今天本來不打算拜託妳跟我做的。」
「咦？沒……沒有要做嗎？」
「哎呀，我好歹還是會看一點氣氛。瀨里奈妳這麼認真要談事情，我如果還開口要妳跟我做就太過分了。」
「湊同學每次來拜託我們跟你做的時候，也是很認真吧？」
「那是當然啦。我從來都沒有用開玩笑的想法拜託瀨里奈妳們。」
正因為他是認真的，瀨里奈她們才會點頭答應。
當然做的時候也是認真的，認真到停不下來。導致有時候會用掉兩三個那東西，或者沒戴就做了三四次。
「那、那麼……我可以請妳跟我做個兩次左右嗎？」

「請、請便……唔……用嘴巴時不算在內吧？」

「這麼一說，瀨里奈妳用嘴的次數好像還比較多。」

「那麼……你就趕快超過那個次數吧……？」

瀨里奈躺上了湊的床。

及膝的裙子高高掀起，再次露出白色的內褲。

「要，要不要也用用看胸部？雖然我的比葵同學小，可能不太好用……」

瀨里奈解開制服外套的扣子，又解開白色襯衫的扣子，露出白色的胸罩。

不符那纖細的身軀，意外豐滿的雙峰就這麼跳了出來——

「瀨里奈的胸部沒那麼小吧。就算穿上女僕裝，也還是很顯眼喔？」

「關於女僕裝有一種說法，那是為了不讓主人產生慾望，所以設計得很樸素……嗯。」

瀨里奈坐起上半身，輕輕吻了湊一下。

「喔，妳很博學嘛。不過經妳這樣一說，普通的女僕裝確實很樸素呢。」

那種設計之所以看起來反而會激起情慾，可能是這個國家的宅文化造成的吧。

「不過，瀨里奈妳穿女僕裝時胸部應該也會很顯眼。在班上的女生中應該算是大的了。」

「是、是這樣嗎？但是葵同學是G罩杯呢。穗波同學的也比我大……」

「那兩個人是特例。先別說那些了，瀨里奈……我想用妳的胸部。」

「好的，請便♡」

瀨里奈雖然紅著臉，但還是點了點頭。

湊今天本來是打算認真討論事情的——

然而現在有這麼一位漂亮的美少女與自己身處同一個房間，而且她對自己還是有應必求。

如果不先拜託瀨里奈跟自己做幾次以平復這股興奮的情緒，那就沒辦法討論下去了。

湊吻了瀨里奈一下，伸出舌頭在嘴裡攪動起來——

「嗯嗯………♡其實我跟家裡說今晚會住在外面……♡」

湊點了點頭，大大地掀起瀨里奈的裙子，將手伸向白色的內褲——

然後一口氣將它脫了下來。

「…………！」

湊突然睜開眼睛。

他最近早上都起不太了床。

似乎是因為累到睡著，體力還沒恢復就醒過來的關係。

至於為什麼會這麼累，那當然是因為在葉月家過夜，每天晚上都跟葉月做好幾次的緣故。

即使湊是個生龍活虎的高中生，每天晚上做四五次也會累積不少疲勞。

不過他早上醒來後還是會做個兩次，所以說起來還算是精力充沛。

「糟了……！」

但是，今天早上的情況有點不同。

湊往旁邊望去——

「嘶……嘶……」

晶瑩剔透的白皙肌膚，端正的五官，一頭黑色長髮。

瀨里奈瑠伽的睡臉近在眼前。

「……也是啦。」

今天早上之所以和平時不同，一下子就清醒過來，是因為昨晚的記憶。

瀨里奈說有事要商量，之後——

不知怎麼地，結果又讓湊得逞了。

原本湊只打算做兩次就結束，但瀨里奈似乎真的願意任他為所欲為。

於是湊就沉溺於這具纖細的身軀和白皙的肌膚之中，大肆享受了一番。

接著他自然而然地又做了三四次，最後昏昏沉沉睡去——

他甚至還記得自己半夜醒來後又做了一次。

「爸爸呢……？」

湊下了床，悄悄推開門來到走廊。

接著查看父親的房間後——

「咦？」

父親的房間空無一人。

再三檢查之後，確定床鋪沒有使用過的痕跡。

他順便走到廚房，那裡同樣也沒有人使用過。

如果父親回來，至少會用到杯子才對——

「啊。」

這時，湊突然看到客廳的日曆。

今明兩天的日期上寫著「出差」。

「……什麼嘛，原來他沒回來啊。」

看來父親出差了，昨晚並未回家。

通常如果是需要過夜的出差，父親再怎麼樣也會通知兒子，但現在湊住進了葉月家。

可能是覺得還要特地通知太麻煩了。

先不論是好是壞，湊的父親對他採完全放任的管教方式。

於是他暫時放下心來，回到房間。

鑽進被窩中之後——

「嗯嗯……」

原本背對著湊的瀨里奈這時翻過身來。

她的D罩杯胸部隨之輕輕晃動。

白色的胸罩還戴在身上，只是往上挪開了一點。

湊不僅在脫內褲的方式上有所堅持，也不太會完全脫掉胸罩。

如今的他早已看遍了葉月和瀨里奈裸露的胸部，但胸罩本身仍然讓他感到興奮。

如果可以，他會希望一邊從視覺上欣賞胸罩，一邊揉胸或吸吮乳頭。

身為一名男性，這就是必須堅持的地方。

即使隨時可以享受G罩杯和D罩杯的胸部，但胸罩這種東西光是看著就能讓人興奮不止。

甚至只要看到從白色襯衫透出的胸罩輪廓，就足以讓他心跳加速。

湊已經和女孩子有過相當多的經驗，但從幾個月前還是個沒有經驗的男生到現在，他的心態並沒有太大的變化。

「讓我吸一下吧……」

「嗯嗯……」

瀨里奈輕聲呻吟著。湊先用舌頭在她那小小的乳頭上游走，再輕輕地吸吮。

在越過最後一條線之前，他就已經充分享受過瀨里奈的胸部，但這粉嫩可愛的乳頭依然保持著漂亮的樣子。

即使到了現在，只要時間允許，他會一直吸吮下去。

「嗯……♡嗯嗯……♡」

仍然躺在床上的瀨里奈發出了可愛的聲音。

然而，她似乎還沒有醒來的跡象。

「瀨里奈昨天晚上特別積極呢……」

湊一邊舔弄著乳頭，一邊回想昨晚的情景。

湊幾乎什麼也沒做，全是瀨里奈積極地自己動，讓他盡情從頭享受到尾。

葉月每次做的時候都很害羞，她主動時頂多會用胸部或嘴巴，但瀨里奈就不同了。

不管是在床上還是無人的教室裡，她總是一邊露出害羞的樣子，一邊努力取悅著湊。

老實說，瀨里奈的積極程度讓湊感到很驚訝。

這對湊是件好事，而且瀨里奈平時的清純形象與這種時候的反差也讓湊很興奮，所以他沒有理由喊停。

由於瀨里奈昨晚動得相當激烈，看來她比較累。

這大概就是為什麼瀨里奈還在睡，而被服侍的湊可以舒舒服服地醒來的原因。

「呼……」

湊盡情享受了瀨里奈的胸部，直到他玩得滿意為止。

湊再次猛地坐起來。

他整個人變得很清醒，也就沒辦法睡回去了。

雖然現在時間還早——

「啊。」

湊突然注意到放在房間角落的包包。

那是瀨里奈帶來的「換洗衣物」。

包包相當重，難道裡面塞了很多換洗衣物嗎？

「湊～同～學、瀨～里～奈，來～玩～吧！」

「…………」

就在湊準備走向包包時，他突然抬起頭。

自己房間的門口處——穿著制服的葉月就站在那裡。

「葉、葉月？早、早啊……」

「嗯，早安。」

「……葵同學……？」

「沒錯，人家是葵同學喔。瑠伽妳也早啊。」

瀨里奈似乎終於醒了。她在床上坐起身，呆呆地看著葉月。

而門口處的葉月則是雙手抱胸靠在牆邊。

「唉……看到你昨晚沒有回來，人家就猜到是這種情況了。」

「啊。」

湊這才想起來。

他剛才太擔心被父親發現，竟然忘記了自己沒有回葉月家。

「小葵昨晚只能和小桃孤拎拎地待在家喔。唉～小桃看起來好寂寞喔。」

「就、就算我不在，小桃也不會在意吧。」

雖然覺得寂寞的應該是葉月，但湊沒有具體地點出來。

畢竟目前現場的主導權是掌握在葉月的手上。

「抱、抱歉，不知不覺就和瀨里奈聊起來了。」

「看起來不像只是聊聊天吧？」

「我……先去沖個澡……」

瀨里奈站起身，上身只穿著胸罩，下身穿著制服裙子，就這樣搖搖晃晃地離開了。

看來她還沒睡醒……

「喔～你又把人家排除在外，自己和瑠伽享受了一整晚呀？」

「不、不是的，我們真的是在商量事情！然後就稍微……那個……」

「算了～反正人家也讓湊住在家裡，每天晚上都在玩。偶爾借給瑠伽幾次是沒關係

啦。」

「原來我是被借出去的啊？」

世上想被葉月或瀨里奈這樣的美少女借走的男生應該多得跟山一樣。

「話說妳怎麼會在這裡？」

「既然瑠伽在這裡過夜，就代表伯父不在家吧。那人家來這裡也沒問題吧。」

「……是沒錯啦。」

葉月持有湊家的備用鑰匙。

之前葉月幾乎每天早上都會來湊家，湊覺得每次都要自己開門太麻煩了，就給了她一把備用鑰匙。

「人家並沒有生氣喔？」

「那種假惺惺的語氣是怎麼回事？」

葉月的心情明顯很差。

怕寂寞的她不喜歡獨自一人留在家裡，怎麼看都不覺得她會輕易原諒隨隨便便就把她丟著不管的湊。

「呃，對不起……以後我會注意的。」

「喔～嗯，好吧。你說在跟瑠伽商量事情應該也是真的。」

葉月鬆開雙手，走到湊的身邊。

然後，她把臉靠到湊的脖子旁。

「怎、怎麼了？」

「你也去沖個澡吧？你身上有很重的瑠伽——女孩子的味道。」

「咦！」

「這還用說？。你們做了一整晚，還睡在一張床上。」

「對、對喔。」

由於瀨里奈昨晚很積極，他們肉體交纏的程度更勝以往。

她那甜美的香氣會沾染在湊的身上也就不奇怪了。

「那個……不好意思……」

「哇！」

這時，瀨里奈突然出現在房間的門口。

她的頭髮濕漉漉的，用一條浴巾包著那纖細的身軀。

「我睡糊塗了，忘記拿換洗衣服……不好意思，湊同學。跟你借了浴巾。」

「啊，完全沒關係啦。那條浴巾我有好好洗過。」

看著瀨里奈微微泛紅的肌膚，湊忍不住吞了口口水。

瀨里奈身上只圍著浴巾，露出胸前的乳溝和雙腿。這種模樣既新鮮又性感非常。

「對了，瑠伽，這個包包是什麼？好了～來看看瑠伽小妹妹究竟帶了什麼色色的內褲呢？」

「葵、葵同學，等一下……！」

「有什麼關係嘛。我們都是女生，給人家看一下換洗衣物也沒差吧。」

葉月咧嘴一笑，打開了包包。

對於社交咖葉月來說，看朋友包包裡的東西應該算在玩鬧的範疇之中吧。

湊露出苦笑，並沒有阻止她。

湊也覺得讓朋友看看自己包包裡的東西沒什麼大不了的。

「這是什麼，圍裙？還有黑色連身裙……咦，這是女僕裝？瑠伽，妳又帶來了喔？」

「是、是的……」

瀨里奈似乎很害羞，不敢踏進湊的房間。

明明已經給湊看了那麼多次裸體，卻因為只圍著浴巾就感到害羞——瀨里奈的想法果然很特別。

「咦，還有很多書……這個資料夾是什麼？」

葉月開始從包包裡拿出各種東西。

裡頭有瀨里奈之前穿過的古典女僕裝。

以及——

「『英國女僕的歷史與傳統』、『英國貴族社會的風俗』、『透過照片了解實際的女僕』、『十九世紀維多利亞時代的女僕們』……全都是看起來很貴的書啊。」
「那、那是……對不起。」
「妳為什麼要道歉啊，瑠伽？」
葉月拿出的是幾本裝訂精美的厚重書籍與雜誌。
此外，她還拿出三本左右的厚資料夾。
「這個……人家可以看看嗎，瑠伽？」
「嗯、嗯嗯。」
葉月一頁頁地翻開資料夾。
湊也看得到裡面的內容。
「喔……妳收集得很多嘛，瑠伽。」
「沒、沒有啦，這些不是最近才收集的……其實是我一點一點搜集，然後整理成冊的。」
瀨里奈的聲音微弱得幾乎要消失似的。
當然，她現在還是渾身赤裸，只裹著浴巾。但她似乎已經忘記了這件事。
「這個收藏很不錯喔。嗯～」
裝在資料夾的，應該是從網路上收集而來，列印在紙上的圖片。
其中大部分是女僕或洋房的照片，其中還有解析女僕裝構造的圖片。

裡頭隨處可見手寫的筆記，筆跡非常工整。

「這些女僕裝的構造或是女僕的工作守則之類的，都是妳查過資料自行補充的嗎？」

「是、是的……網路上的資料如果有不清楚的地方，我就會查詢紙本資料，然後做筆記……對不起。」

「就說沒什麼好道歉的啊。」

葉月苦笑著將資料夾合上。

「妳查得真的很詳細呢。人家完全不知道，原來瑠伽**這麼喜歡女僕啊**？」

「也不算是喜歡女僕……以前我看過一部描寫英國貴族社會的外國連續劇，那時候就迷上了，所以就開始查各種資料……」

瀨里奈漲紅了臉，低下頭去。

也許她覺得自己會被認為是盲目趕流行的迷妹而感到很丟臉吧。

「這沒什麼好丟臉的啊。感覺很適合瑠伽。不過真要說的話，比起女僕，妳比較適合千金大小姐的樣子就是了。」

「怎、怎麼會……但是劇中僕人們的故事比較複雜有趣……哈啾。」

「啊，抱歉。呃……啊，內衣是這個嗎？制服也穿起來吧？」

葉月在包包裡翻找，拿出一個裝著內衣的塑膠袋。另外湊也把脫得滿地都是的制服收拾起來，遞給瀨里奈。

「現在天氣很冷了，穿成那樣會感冒的。」

「好、好的，我去穿一下衣服。」

瀨里奈接過制服和內衣，小跑步回到走廊。

「……人家是不是冒犯到瑠伽了？」

「說不定她本來就打算給我或葉月看那些資料。」

根據湊的觀察，瀨里奈並沒有特別強烈地阻止葉月翻包包的動作。

她的態度就像在說——被看到也是也沒辦法的事。

「雖然瑠伽裝出事不關己的樣子，但其實對開女僕咖啡廳挺有興趣的嘛。根據這些收藏，她應該對當女僕有憧憬吧。」

「這麼一說，之前談到女僕的時候，她的樣子就怪怪的呢。」

「只是她平時就怪怪的，所以我跟湊都沒有在意。」

「不過……她當時明明看起來就是一臉不情願的樣子。原來是裝出來的啊。」

「我們完全被騙了呢。瑠伽，妳很會嘛。」

葉月露出真心佩服的表情。

「那孩子很少會吐露真心呢。」

「……看起來是這樣。」

「不過阿湊倒是一直把內心表現出來呢。」

「…………是啊。」

這句諷刺頗為犀利。

「那麼，身為瑠伽朋友的我們該怎麼做，阿湊？」

「首先得讓她說出真心話吧。」

「那就交給你了。不過啊，人家有點……」

葉月又抱起了胸——

「有點生瑠伽的氣呢。」

「……咦？」

# 8 第三位與第零位的女性朋友傷透了腦筋

Onna Tomodachi ha Tanomeba Igai to Yarasete kureru

學校結束了一天課程後的放學時分——

「怎、怎麼辦啊，小湊！」

「妳問我也沒用啊……」

這裡不是教室也不是那個空教室，而是學校的某個角落。

是位於走廊盡頭，用幾把椅子堵住通道之後形成的小空間。

湊之前不知道有這個地方，但看起來這裡似乎是辣妹們的聚集地。

「現在不是讓你邊說那種話邊看內褲的場合啦！」

「這世上哪有什麼場合會讓人不想看內褲啊？」

「說得也對……畢竟你是男生嘛。」

穗波麥似乎接受了這個解釋。

於是穗波就在湊面前轉過身去，掀起迷你裙。

她今天穿的內褲是黑色的，與褐色皮膚意外地很搭。

「話說回來，這裡是什麼地方？椅子擺得像路障一樣，我們翻過來沒問題嗎？」

「不知道。聽說好幾年前就有一些女學生在這裡聊天了。雖然現在就只有我和莎拉拉在用而已。」

「泉同學？葉月不會使用這個地方嗎？」

「葵她不會想來這種冷清的地方啦。」

「說得也是呢……」

葉月在學校裡通常都是待在教室中央之類非常顯眼的地方。

像這樣躲起來不符合葉月的個性。

她之所以和瀨里奈不同，在學校裡不太願意讓湊碰她，大概也是因為不喜歡那種偷偷摸摸的行為吧。

「雖然以前其他學生偶爾也會來，但不知不覺間就幾乎沒人想來了。」

「原來如此……」

穗波麥是金髮褐膚，泉莎拉也是頂著金色頭髮、打扮花俏的那種人，她們在葉月的辣妹小團體中特別引人注目。

這兩人並不可怕，反而非常友善，但如果不太熟悉她們的學生看到她們時，可能會覺得難以接近吧。

說起來，穗波那個樣子之前就讓湊就不太敢接觸她。

「所以啦，就算讓你看內褲也沒關係……唔，會不會是地點問題啊？」

「反正如果只有我一個人看，應該就沒什麼問題了吧。」

「小湊，你的占有慾很強耶……」

「自從穗波願意給我看內褲之後，我就更不想讓其他傢伙看到了。」

現在的穗波麥別說是內褲，連屁股肯給湊看了。

那褐色的屁股造型優秀，彈性十足，觸感滑嫩。不管是穿白色或是黑色的內褲都很適合。

湊說什麼也不願意給其他男生看到如此誘人的內褲和屁股。

「我也沒打算讓除了小湊之外的人看啦……呀！喂，我沒說可以摸屁股耶！」

「啊，不好意思。我情不自禁就……」

湊不由自主地隔著黑色內褲摸了摸屁股。

觸感果然如想像中地柔軟，感覺手都要陷進去了。

「沒、沒關係啦。話說回來，真虧你可以忍到現在才摸呢。第一次給你看內褲的時候，我還以為會被你摸來摸去的。」

「原來那個時候就可以隨便摸了啊……！」

「一般來說男生不會只看看就算了吧。我以為你會更猴急一點呢。」

「不不，在沒得到允許之前怎麼能隨便亂摸呢？」

「你剛才不就是摸了嗎？」

「抱，抱歉……那麼我鄭重地拜託妳，請妳給我摸屁股吧！」

「你也太猴急了吧！」

穗波將漲紅的臉轉過來，望向背後的湊。

「啊♡討厭，手腳這麼快……♡等一下，你摸的方式太下流了……啊♡」

「妳的屁股比葉月和瀨里奈的還要大一點，摸起來好舒服……」

「喂，不要說女孩子的屁股大喔。」

穗波狠狠地瞪了一眼。

「抱、抱歉，不小心就說溜嘴了……」

「嗯？小湊，先不提瑠伽，你怎麼連葵的屁股長什麼樣都知道——啊，對喔。那傢伙經常穿著緊身褲到處跑。我記得小湊常常和她一起去斯波迪吧。她穿緊身褲的樣子看久了自然就能知道屁股的大小。」

「對、對啊對啊。」

穗波的腦袋轉得很快，似乎立刻就開始自行想像了。

雖然不需要說謊掩飾讓湊鬆了口氣，但他心裡還是有點愧疚——

湊還沒有告訴穗波，他其實也拜託葉月讓自己做些色色的事。

瀨里奈告訴他「和穗波玩的事要保密」，他也遵守了那個約定。

畢竟站在湊的角度，他也不想把那些事隨便透漏給與葉月關係親密的穗波知道。

然而，他偶爾會有種像是在偷吃的感覺……

但湊畢竟並沒有和葉月交往，在這點上瀨里奈也是一樣的。

而與穗波之間，就只是偶爾看看她的內褲，摸摸她的屁股，這種清清白白的關係。

「呼……總而言之，我玩得很開心。」

「你還真是盡情享受了一番呢……」

穗波看起來有些害羞，格著裙子壓住了屁股。

然後，她就直接坐在地板上。

「話說回來，直播的事怎麼樣了？如果有需要幫忙的，我隨時都可以幫忙。」

「畢竟拍色色照片時，你都幫了那麼多的忙嘛。」

穗波半瞇著眼瞪了過來。

「不過啊……小湊拍的照片太色情了，未成年人如果上傳那樣的照片感覺會有麻煩。應該說百分之百會出問題。」

「那倒是盲點……」

「不不，哪有什麼盲點！拍的時候就該注意到啦！」

「那是不可能的。看到穗波那麼色情的樣子，腦袋根本沒辦法運作啊。」

「你、你是靠本能在動的嗎？男生真是厲害……還是小湊特別厲害？」

「不知道……」

湊覺得男高中生大概都是這樣的吧。

他不過是特別幸運，有很多女性朋友而已。

「拜託可別讓人進警局啊。唔，那就挑選幾張不會太誇張的照片偷偷上傳吧。反正目前我的社群網站帳號只有好朋友知道。」

「就算是這樣，還是稍微小心一點比較好。」

誰也說不准上傳到網路的照片會從哪裡洩漏出去。

「別擔心，只有葵那些真的很要好的朋友才知道我的帳號——啊，對了！現在不是看內褲的時候啦，小湊！」

「我知道啦。」

「知道還一直盯著看，而且還摸來摸去……算了，是可以啦。」

「可以喔？」

看來穗波也已經很享受和湊的這種遊戲了。

「不是啦，現在的狀況很糟糕耶？」

「嗯……」

老實說，湊之所以如此大享穗波的內褲和屁股，只是為了逃避現實。

如果不暫時逃避一下現實，就沒辦法轉換心情了。

「狀況有點不太妙啊……」

「葵和小惠那才剛和好……就換成葵和小瑠伽開始冷戰嗎？感覺真是沒完沒了啊。」

「嗯……很抱歉。這次我也有責任。」

湊坐到穗波面前，深深低下了頭。

沒錯，今天一整天——葉月葵和瀨里奈瑠伽之間都飄著緊張的氣氛。

「我沒有要指責小湊的意思啦。」

「不，如果我早點讓她們和好就好了。這是時間一久，人就會變固執的模式……」

「怪了，葵明明個性很爽朗，小瑠伽也不是那種會記仇的人啊。」

「這下子很麻煩呢……」

兩人都提不出任何建設性的意見，只能發發牢騷。

葉月葵從今天早上開始在教室裡就一臉不開心的樣子——

而瀨里奈則是不斷偷偷觀察葉月的臉色。就湊所看到的狀況，她一句話也沒說。

「不知道從什麼時候開始，連瀨里奈也變得很不開心了。」

「這很常見啦。就像是『我明明沒有做錯事，妳生什麼氣？』那樣的惡性循環。」

「如果瀨里奈只是感覺害怕，或許安撫葉月就能解決問題了。」

「話說回來，葵為什麼會生氣？」

「我也不知道。」

「咦！如果連小湊都不知道，那誰會知道啊！」

穗波露出一副呆愣的表情。

「不不，最近穗波和葉月不是已經沒有隔閡了嗎？同性或許更容易問出問題……我不是要把責任推給妳們啦。」

「你這就是在推卸責任吧？唔～葵生氣時確實很可怕呢……」

「她在妳們面前生氣過嗎？」

湊回想起來，他第一次掀起葉月的裙子看她的內褲時，葉月鼓起臉頰生氣的樣子。

「比如說在逛街的時候，如果有哪個笨男生想靠過來搭訕，她會很凶喔。」

「很、很凶？」

「她會先咂舌，完全不搭理對方。如果那個人還想要繼續靠近，她就會大吼：『滾開啦！』」

「那傢伙會那樣啊……」

葉月總是充滿活力，聲音也很洪亮。

和湊遊玩時，她常常大聲嬉鬧，但湊還沒見過她對人怒吼的樣子。

即使雙方是朋友，葉月似乎還是有湊不知道的一面。

「不過多虧了葵，我們才能擺脫討厭的搭訕呢。」

「畢竟葉月的小團體很容易吸引想搭訕的傢伙嘛。」

先不提葉月，穗波和她的好朋友泉，還有其他的女生也都是美女。

沒想到身為領袖的葉月竟然會親自保護她們。

「葉月真的很為朋友著想呢。」

「嗯！」

穗波突然身體靠了過來。

那股力道讓她E罩杯的豐滿胸部不斷晃動。

「雖然她之前和我們有點保持距離，但我注意到她還是很珍惜和我們的關係。」

「為朋友著想啊……」

湊撐著下巴陷入思考。

雖然這話是自己說的，但葉月確實非常為朋友著想。

或許正因為如此，她才會對湊有求必應。

即使和小春惠那關係變得疏遠之後，她仍然會因為與惠那的人際關係失敗而一直飽受困擾，導致她與高中朋友的情誼也蒙上陰影。

「就是因為這樣……我感覺葉月可能有點怪怪的。」

「咦？怎麼說？」

「因為她明明這麼在乎朋友，卻強行推動了自己的提議。如果她是那樣的人，不是應該會站在瀨里奈那邊嗎？」

「啊，我懂了。小湊你也挺聰明的嘛。雖然葵個性好勝，然而對象明明是小瑠伽，卻很奇怪地讓事情演變成一場戰鬥。或許她生氣的原因和導致雙方對立的原因是不同的喔。」

「……穗波，妳果然很聰明呢。」

湊也對穗波的思考速度感到佩服。

如果能分別研究那兩個原因，湊或許就能理解目前的狀況。

「對啊，葉月之所以會生氣，可能並不是什麼複雜的原因。」

「真假？只要知道原因，不就等於解決問題了嗎？」

「不，沒有喔？接下來才是重點吧。」

「真是的～虧你還讓我那麼期待！」

穗波將身體靠得更近，雙手還放在盤腿坐著的湊大腿上。

「別說那麼多了，快點解決問題啦！現在女僕咖啡廳的事情都還沒有進展！如果小湊能順利解決——我、我可以讓你多做一點點色色的事喔！」

「只能多做一點點嗎？」

「不然你想做到什麼程度！」

「哎呀……我原本打算就這麼拜託妳讓我做非常色情的事耶。」

「……等到校慶結束吧，一切順利的話。」

雖然穗波感到傻眼，但還是紅著臉點了點頭。

湊只是半開玩笑的，然而她似乎真的會答應自己。

之前是看內褲，稍微摸摸屁股——照順序來說，下一步應該是「胸部」，但也許能做出更進一步的事情。

雖然湊滿懷著期待。

但他也有種預感，這件事可能很難順利收場。

距離校慶那天剩下沒多少時間了。

由於他們班是快要接近校慶日才開始進行準備，時間不足也是理所當然的。

湊獨自走在回家的路上。

穗波因為有事（似乎是要去玩），很快就跑掉了。

而葉月和瀨里奈也都不在，所以他今天只能一個人孤單地回家。

不過，現在這樣也許正好。

自己一個人的時候更容易整理思緒。

距離校慶日不到兩週的時間了。

就其他班級的狀況來看，他們都已經開始著手具體的活動準備工作。

在最糟糕的情況下，這間女僕咖啡廳有女僕就行了。

飲料是紅茶、冰咖啡與熱咖啡。

至於食物，班上已經決定提供簡單的磅蛋糕和兩種餅乾。

無論如何，飲料與食物都沒有辦法做得太過精緻。

到這裡還算順利——

但實際上，派對風格和英國風格的店面氣氛完全不同。

老實說，湊覺得選哪邊都無所謂。

男生們恐怕多半也有同樣的看法。

雖然女生們似乎很講究這些，但既然扮成女僕負責營業的是她們，那也是理所當然的。

「說實話，我們班上的女生比較強勢呢……」

畢竟他們之中有著不僅在班上出名，還是全校赫赫有名的葉月小團體，那就更是理所當然。

而瀨里奈不僅是著名的美少女，成績還是全年級頂尖的等級。

除此之外，班上還有許多其他比較不為人知的資優生和可愛的女孩子。

相反地，班上的社交咖男生人數很少，大多數是像湊這樣的普通人或內向邊緣人。

男生們做什麼也無法解決女生們的紛爭——

「喂～壽也！」

「哇！」

突然被人從背後拍了一下，嚇得湊差點摔倒。

「嚇、嚇我一跳……是小梓啊。」

「真沒禮貌。我可是壽也的一號女性朋友耶。」

「什麼一號啊？」

站在湊後面的是梓琴音。

一頭棕色的半長髮，身高不高也不矮。

胸部還算有料，但沒有到葉月或穗波那種巨乳的程度。

臉龐略帶稚氣，稍微偏蘿莉型——這是她自己的說法。

「還是說我是零號？第一個正式的女性朋友是葉月同學？」

「不管是零號還是一號都無所謂啦……」

如果說是可以讓他為所欲為的女性朋友，葉月就算是第一位。

穗波原本以為自己是第四位，但實際上是第三位——算了，那些都不重要。

「話說回來～小梓，妳家不是這個方向吧？」

「哎呀～我只是看到壽也走在路上一副垂頭喪氣的樣子，就跟了過來。」

「妳跟蹤我喔？」

雖然這點已經很讓人驚訝，但更讓他驚訝的是自己竟然完全沒有察覺。

湊並不是個感覺敏銳的人——真要說的話他有些遲鈍，然而梓應該沒那麼擅長跟蹤別人才對。

「對啊。怪友出了新故事，我本來打算今天好好玩一玩耶。」
「妳還在玩怪友啊？」
「我是休閒玩家，玩得很隨興啦。」
所謂的怪友，是怪物朋友這款手機遊戲的簡稱。
對湊來說，那是一款讓他聯想到苦澀回憶的遊戲，他以前玩過，但早已從手機中刪掉了。
「可是喔，我一下被朋友找去戀愛諮詢，一下被老師叫去做幫忙，正當我以為終於可以回家時，又看到壽也你那種好像在哭的背影。」
「我才沒有哭。」
梓的個性太好，很容易被人拜託做事。
除此之外，她也不會放著遇到困難的朋友不管。
「只是那個啦，就是關於女僕咖啡廳的事。」
「喔～那個呀。現在只能靠壽也你來想辦法解決了吧？」
「連妳也要把問題丟給我喔。」
「應該說，就是因為想要解決問題，才會讓你這麼煩惱吧？」
「嗯，是這樣沒錯……但結論就是沒辦法解決嘛。」
「再不想出辦法解決，無情的校慶日就要到了喔？」

「別把那種討厭的現實丟到我臉上啦……」

梓說得一點也沒錯。

不管湊是否採取行動，校慶日終究會到來——

「順便問一下，小梓妳是站在哪一邊的？最早討論時妳好像沒有特別偏向任何一方。」

「真要說的話，我哪邊都不是，但目前比較偏向大小姐派吧。比較文靜的女生們都站在那邊。」

「大小姐派……」

湊稱之為英國派，但也許還有其他的稱呼。

「我是哪邊都無所謂，但畢竟得做出選擇才行。」

「也不能就這樣拖到校慶當天嘛。」

「葉月同學和瀨里奈同學不都是壽也的朋友嗎？就算什麼都做不了，至少聽聽她們的想法吧？」

「妳說得太正確了。」

梓也察覺到葉月和瀨里奈之間可能真的發生了衝突。

雖然湊之前不知道葉月和瀨里奈原本就關係很好，但最近常在教室裡看到她們在聊天。

然而今天的葉月和瀨里奈卻毫無交談，兩人之間瀰漫著緊繃的氣氛——

即使是像梓這樣平時與她們疏遠的學生，也應該都注意到了。

「不過嘛，朋友之間不吵架就不像朋友了吧。」

「不吵架不是很好嗎？」

「我和壽也也吵過架，但現在不是關係比以前更好了嗎？」

「……我們沒有吵架吧。只是我一廂情願地避開妳而已。」

湊曾向梓這個朋友告白，卻馬上被拒絕了——

於是他失去了與對方的友誼——應該說他是這麼以為的。

但梓似乎一直在等待修復雙方關係的機會。

「壽也你好像莫名地能跟女性朋友相處得很好，應該沒問題吧？」

「妳說得倒是輕鬆。」

「坦白講，我們全班都對壽也抱有期待喔。」

「就說了，那不是期待，是把問題全丟給我吧！」

穗波也是如此，除了梓之外，班上的同學似乎也都一致期待湊能解決問題。

我的成績平平、運動神經一般、性格也很普通。大家加諸在我這個凡人身上的責任實在太重了吧。

但就算湊這樣想，他也明白自己是逃不掉的。

「不過就是一場校慶，不過就是開個女僕咖啡廳——對外人來說可能沒什麼，但對我們來說，這畢竟是人生中僅有一次的高一校慶。當然很重要。」

「……開女僕咖啡廳這種事可能是我們的第一次也是最後一次了。啊，這話是葉月說的喔。」

「啊～班級活動對葉月同學來說是很重要的吧。校慶就是可以讓班上所有朋友一起開心玩樂的活動嘛。」

「是啊……」

葉月、瀨里奈、穗波、梓——

現在已經是十一月，能讓她們所在的班級全體參與的活動所剩不多了。

在剩下的活動之中，校慶是最大的一個。

「所以你要加油喔，壽也。就算失敗了，班上排名第五可愛的我也會安慰你的。」

「妳是不是在記恨被說是第五名啊？」

「怎麼可能。我是真的覺得第五名這個名次太抬舉我了。」

只見梓咧嘴一笑。

湊想起了葉月、瀨里奈、穗波，還有穗波的朋友泉莎拉的臉——他很失禮地想著，梓被評為第五名，這個數字或許意外地很恰當。

「妳說會安慰我，那麼我是不是可以拜託妳一些事？」

「可以啊？你有什麼事想讓我做的嗎？」

「呃……」

不管再怎麼說，湊也不好拜託梓給自己看內褲，讓他吸胸部，或是用嘴幫他做之類的事。

至少目前是這樣。

「啊，我倒是想要你幫個小忙。我在玩怪友的時候遇到了一些困難。」

「……我已經有一陣子沒玩怪友了。」

「壽也你可是遊戲高手，經驗應該比我豐富吧。」

「…………」

以現在的狀況來說，梓可能已經成為他最能輕鬆相處的朋友了。

不，這樣不行。

他必須儘快恢復與葉月和瀨里奈輕鬆地相處——

「啊，歡迎回家，阿湊。」

「歡迎回來，湊同學。」

「…………」

湊感到自己剛才的決心似乎已經產生了動搖。

他想要恢復與兩人的關係，但還沒做好心理準備。

當他走進葉月家的客廳時，就看到穿著制服的葉月和瀨里奈正面對面站著。
兩人散發出非比尋常的壓迫感。
「瀨、瀨里奈，妳為什麼在這裡？」
「我把東西忘在湊同學家了，所以過來拿。」
「這、這樣啊，原來如此。」
她們為什麼不坐下來，而是站著呢？
湊很想吐槽，但現場氣氛讓他不敢亂開口。
雖然他也想過逃跑，然而再怎麼說都不該丟下兩位朋友獨自離開。
「但是我沒有湊同學家的鑰匙……當我在公寓入口不知道該怎麼辦的時候，葵同學剛好回來了……」
「人家本來可以用備用鑰匙開湊家的門，但帶著別人隨便進入你家也不太好吧。而且阿湊你應該快回來了。」
騙人，就算我不在家，你也會隨便拿備用鑰匙進去吧。
湊仍然說不出這樣的吐槽。
不行，現在不是退縮的時候——
「先等一下，妳們兩個要不要先坐下來？」
「也是。畢竟這裡是我家嘛。」

「那我就不客氣了。」

葉月蹺著二郎腿坐在沙發上，瀨里奈則是端正地跪坐在地板上。

她們明明可以並排坐下的——湊又感到怯場了。

「好了，來把事情說清楚吧。妳們為什麼吵架啊？」

「你還真是一下子就切入問題呢，阿湊。」

「不，我們也沒有在吵架……」

兩人做出截然不同的反應。

她們的反應可以說是表現出各自的性格。

「那麼，葉月。先從妳開始說吧。」

「怎麼，你在訊問？審問？還是……拷問？」

「我才不會對朋友拷問呢！」

湊覺得不管是坐在沙發上還是地板上都讓他不太自在，於是決定站著問。

「瀨里奈研究女僕又不是什麼壞事。為什麼葉月妳要生氣啊？」

「人家氣的不是她做研究的事啦。那是瑠伽的自由。」

「那當然了。欸不對，那為什麼妳會不開心——」

「妳、妳生氣了嗎，葵同學？那個……如果是這樣……」

瀨里奈面露難色，抬頭望向葉月。

令人意外的是，瀨里奈似乎並不知道葉月在生氣。
「人家是在生氣沒錯。不過，瑠伽妳不也在生氣嗎？」
「我沒有……只是不知道該怎麼做才好。葵同學一直都不肯看我……」
「…………」
湊這才恍然大悟。
瀨里奈不是會把怒氣表現在外的人。
雖然今天她看起來有些不開心，但看來是因為她不確定自己應該採取什麼樣的態度。
由於她沒有心力露出平時那種親切的微笑，看起來像是在生氣——大概就是這麼一回事。
「啊，人家的態度也很差。這樣不對。沒有說明理由就生氣，這樣人家只會被當成難搞的女人。」
「唔，葉月妳本來就有點難——」
「你說什麼？」
「沒、沒什麼！」
湊被葉月瞪了一眼，不由自主地站直了身體。
葉月一直隱瞞和湊相識的契機是小桃逃走的那件事。
她也一直沒有對任何人提起，自從與小春惠那的關係出現問題之後，她對友情的恐懼。

她表面上個性直爽，實際上卻有著完全相反的特質——

正因為一直隱藏著這樣的祕密，說她很難搞應該也不為過吧。

「那個……葵同學。我真的沒有打算和葵同學吵架。而且我也沒有想要在女僕咖啡廳這件事上給班上的大家添麻煩。所以，我覺得葵同學妳們想怎麼做就怎麼做吧。我會想辦法請支持英國風格的同學退讓的——」

「就是這裡！」

葉月猛地用食指指向瀨里奈。

「……葵同學，用手指指別人是很不禮貌的行為喔？」

在這種情況下還能吐槽，真是太厲害了。

湊不禁對瀨里奈的膽識感到佩服。

「妳說得有道理。對不起。」

出乎意料的是，葉月也老實地點了點頭，放下她的手。

「不過，就是這裡啦。」

「哪、哪裡？」

「什麼女僕咖啡廳或研究女僕都不重要！雖然說也不算不重要啦！」

「那到底重不重要啊？」

湊從剛才開始就無法搞清楚葉月想要表達什麼。

瀨里奈似乎也是同樣的狀況，她的腦袋旁邊彷彿有一大堆問號飛來飛去。
「瑠伽，人家就是不喜歡妳那種態度！」
「我、我的……態度？」
葉月傲慢地在沙發上蹺著二郎腿。而瀨里奈在地上正襟危坐，看起來就像瀨里奈正在接受訓話。
事實上，葉月她──應該就是在譴責瀨里奈吧。
葉月似乎想平復一下情緒，輕輕地嘆了口氣。
「瑠伽……妳從很久以前就開始收集那些女僕咖啡店的資料了吧？」
「……妳的觀察力很強呢，葵同學。」
「人家也會反覆閱讀喜歡的雜誌，翻到紙頁都變得翹起來。」
「…………」
聽她這麼一說，湊就想起來了。
他進過葉月的房間好幾次，每次都能看到地板上堆滿時尚雜誌。
不愧是社交咖，對流行趨勢的研究真是不遺餘力──他記得當時是這麼想的。
「而那些雜誌中有幾本也是這樣的。代表妳不是開始準備校慶後才買的吧？迷上那些國外的女僕連續劇也是好幾年前的事了吧？」
「嗯……是沒錯。」

瀨里奈點了點頭。

「就算是最近才買的，要把雜誌翻到那種程度，如果不是真心喜歡是不可能做到的。」

「是、是的……雖然不是最近買的，但的確是仔細翻了很多次。」

瀨里奈連連點頭。

「瑠伽，妳住的地方是像武士宅邸那樣的房子對吧？」

「咦？那、那沒有那麼了不起啦——不過的確是老房子。」

「所以妳才會嚮往英國風格的房子吧？這只是人家的猜想啦。」

「嗚……妳、妳的觀察力真的很強呢……沒想到會被看穿到這個地步……」

「妳是在嘲笑人家嗎？」

「不、不是的！」

瀨里奈連忙搖頭。

不過，看來葉月的推斷是正確的。

瀨里奈瑠伽是一位適合留黑長髮的典型日式大小姐。

她住的也是一間古風的平房建築，恐怕連生活方式都是日式風格。

因此她反而對西式生活充滿了憧憬——這是很有可能的事。

「妳之所以拿那些雜誌過來，是想對阿湊表明自己的本意吧？」

「……我想先向湊同學表明這些我喜歡的東西。只不過還在猶豫該不該說出口……不，應該說是猶豫太多事了……」
瀨里奈小聲地說著。
葉月則是重重地嘆了口氣。
「瑠伽，其實妳從很久之前就想穿上女僕裝做接待對吧？不是我們打算做的那種派對咖風格的，而是傳統的、正統的那種。」
「沒、沒有啦……畢竟這是班上的活動，我不能太過任性……」
「所以，妳打算對我們讓步吧？」
「……哪有什麼讓不讓步，我沒有那種權限……」
「就說是這裡啦！」
葉月差點又想指著瀨里奈——但在最後一刻放下了手。
「人家就是討厭妳這麼客氣！真的非常討厭！」
「討、討厭？」
瀨里奈一臉茫然。
「瑠伽，我們是朋友吧？」
「我、我當然是這麼想的……不過這樣可能有點自以為是……」
「自以為是個頭啦！對朋友有什麼好客氣的！如果妳有想做的事，就算得面對朋友，也應該大大方方地挑戰嘛！」

葉月激動地站起身，俯視著瀨里奈。

她叉腰挺胸，擺出大方自信的態度——真不愧是社交咖的女王。

「瑠伽，妳看看阿湊吧！」

「咦，看我？」

接下來，葉月猛地朝湊一指。

看來她覺得用手指指湊不算是沒禮貌的事。

「這傢伙又是要朋友給他看內褲，又是要別人給他吸胸部，最後甚至還叫別人跟他做，一點也沒有客氣的樣子對吧？妳也該稍微學學這傢伙！」

「我這是躺著也中槍耶！」

「不過世上也有負面教材這種說法……」

「瀨里奈，妳也好過分喔！」

湊有點後悔，早知道他應該先逃跑才對。

「瑠伽啊，人家知道妳很溫柔。」

葉月這時終於放軟了語氣。

「但是那種客氣的樣子，會讓人覺得妳好像在我們之間畫了一條線。人家也不好意思說得那麼了不起，畢竟人家也才剛解開過去的心結，開始能與朋友正常來往……但人家還是想說出口！」

「但是……我覺得就算是朋友，也不代表什麼話都可以隨便說吧……」
湊認為這話也有些道理。
就像他也想拜託葉月和瀨里奈讓自己做更多色色的事情，但終究還是有所顧忌。
他好歹懂得分辨現實與色情影片的差別。
「而且，如果我拿出真本事……或許會很可怕喔？」
「「………」」
湊和葉月同時陷入沉默。
確實可能如此。
湊這麼想著，葉月可能也有同樣的想法。
瀨里奈瑠伽這個人看似理智，卻十分大膽，腦袋還少根筋，讓人無法預測她會做出什麼樣的事。
如果瀨里奈不再有所顧忌，那麼她的行動對湊和葉月來說將會是未知數吧。
「總、總而言之——」
葉月此時似乎回過神來，故意清了清喉嚨。
「瑠伽，妳就拿出真本事吧。朋友之間不該只有溫柔相處喔。」
「……好吧。」
「咦？」

湊不禁怪叫一聲。

瀨里奈慢慢站起來，直直地注視著葉月。

「那就讓湊同學來決定吧。」

「決、決定什麼？」

「我和葵同學……你要選哪一個？」

# 9 兩位女性朋友建立了真正的友誼

Onna Tomodachi ha Tanomeba Igai to Yarasete kureru

放學後，之前的那間空教室——

湊站在教室入口前。

瀨里奈今天似乎正式獲得了這間教室的使用許可。

她拜託了自己幫忙處理工作的學生會，以「討論班級活動」為名申請許可。

由於瀨里奈有好朋友在學生會，所以輕易地得到了批准。

這也多虧了她平時幫忙學生會的工作所積累的人望。

空教室的門上貼著一張寫著「會議中，非相關人員禁止入內。葉月葵、瀨里奈瑠伽。」的Ａ４影印紙。

字的筆跡工整，可能是瀨里奈寫的吧。

這兩個名人的名字應該擁有相當龐大的力量。

這下子即使是老師，大概也不會靠近這間空教室了。

輕輕推開那扇貼著那張影印紙的門之後——

「歡迎回來，主人！」

「歡迎回來，主人……」

「…………」

明明是完全相同的句子，竟然能有這麼大的差異。

湊突如其來地被嚇到了。

「怎麼樣，阿湊。人家又做了些改造。」

「我、我的幾乎沒變……真是抱歉。」

葉月穿著迷你裙女僕裝，瀨里奈則是長裙女僕裝。

不過，葉月做了些小變化，進一步縮短裙子長度，不但胸口大幅拉低，還讓黑色的胸罩若隱若現——成了一件暴露程度很高的服裝。

相對地，瀨里奈的女僕裝與之前幾乎無異，髮型仍然沒做任何修改，長長的黑髮一樣編成兩條垂在胸前的麻花辮。

「……等一下，葉月。不管怎麼說，用妳那種女僕裝接待客人，店會被勒令停業吧？」

「人家知道啦。只有今天是這樣。這是給阿湊的特別服務喔♡」

「這不就是犯規嗎……？」

「人家不會客氣，也不會手下留情喔。」

無論如何，葉月看起來是認真要來一場較量。

而且——

「瑠伽妳也是來真的嘛。那是什麼？在哪裡買的？」
「……是我的私人物品。」
瀨里奈害羞得不得了，整張臉紅通通的。
教室裡原本隨意擺放的桌椅與不知道做什麼用的紙箱等雜物都已經被整理乾淨。
空蕩蕩的教室裡，前後各有四張桌子拼在一起，組成了兩張大桌子。
校慶日正式進行活動時大概也是這樣併桌吧。
特地為了女僕咖啡廳去找到桌子並且搬過來是相當困難的事。
教室後方的桌子上覆蓋著白色的桌巾。
「這桌巾看起來滿貴的耶。」
湊走到桌子旁邊，仔細端詳了一會。
桌巾上繡有玫瑰花紋，散發著古典的氛圍。
這不像是在平價家具店或居家用品店能買到的東西。
要說這桌巾是擺在在禁止平民進入的高級家具店出售也不足為奇。
「欸～不是禁止使用個人財產嗎？」
「不是說要認真比嗎？」
「嗚……」
瀨里奈前所未見的犀利反駁讓葉月有點嚇到了。

「唔，把家裡的東西拿來用是很常見的事……應該不算違規吧。」

「是的。」

瀨里奈點了點頭。

事實上，不管在哪班，利用學生家裡的物品都是常有的事。攤位的預算不算充裕，得靠學生的私人物品支援也是不得已的。

「人家沒想到還可以用桌巾……」

「就算是咖啡店，也有很多地方不會鋪桌巾的。」

其他開設飲食攤位的班級大概也不會特地花心思鋪上桌巾吧。

「而且看起來連窗簾都換過了！妳好用心啊！」

「因為我是認真的。」

瀨里奈若無其事地回答。

教室後方是「瀨里奈區」，鋪有桌巾的桌子的旁邊窗戶上掛著以紅色為基調，帶有美麗圖案的窗簾。

相對地，教室前方——「葉月區」的窗簾則和湊他們平時使用的教室一樣，是奶油色的普通窗簾。

而旁邊的桌子也不過是將四張桌子簡單地拼在一起而已。

「妳、妳一下子就拉開了差距耶，瑠伽。」

「到目前為止……是這樣沒錯。畢竟我認識葵同學，知道一旦鬆懈就會輸掉。」

「…………」

葉月露出困惑的眼神看著瀨里奈。

湊則是隱隱約約地明白瀨里奈想要表達的意思。

「那麼，葵同學。先重新確認一下。我們兩個人來接待湊同學，由湊同學決定勝負，贏的一方將決定女僕咖啡廳的方針，這樣可以嗎？」

「ＯＫ。反正班上的同學也都說讓人家和瑠伽來決定喔。」

事情似乎已經在湊也不知道的情況下定下來了。

從已經取得班上同學的支持來看，葉月和瀨里奈的手腳真的很快。

「不對不對，這樣我的責任不會太重大了嗎？還是讓班上同學來評鑑決定比較好……」

「阿湊是中立的男生，又是人家和瑠伽唯一的共通朋友。也沒有其他選擇了吧？」

「妳們兩個未免太會利用朋友了吧？」

「「…………」」

葉月和瀨里奈同時冷冷地瞪著湊。

「不知道為什麼……人家的腦袋裡全是『你沒資格這麼說』這句話。」

「對不起……其實我也有同感。」

「…………」

湊還想說些什麼，卻提不出反駁。

雖然湊並不是在利用葉月她們……但從旁人的角度來看，會讓人那麼認為也是無可厚非的事。

「這也代表你是我和葵同學信任的人。湊同學，拜託你了。」

「……好吧。」

湊原本就是因為聽說那回事才來到這個空教室。

更何況自己還被稱呼是她們信任的人，那就更應該接受了。

「那麼，先從我開始接待吧。」

「好、好的。」

在瀨里奈的催促之下，湊坐到鋪有桌巾的位子上。

在近距離觀看時，會發現這塊桌巾的確有種很高級的感覺，讓人不敢輕易觸碰。

「如果要打造成英式風格，我家裡還有幾件和這塊同樣是古董風格的桌巾，可以拿來使用。」

「和式豪宅裡竟然有這種東西啊……」

「這是我個人收集的。」

「瀨里奈竟然有這種意外的嗜好——不對，倒也不算意外。」

比起自組電腦，這種嗜好更有良家千金的感覺。

空教室講台的旁邊放著烹飪器具和食材。

瀨里奈使用熱水壺煮開水，以茶包沏了紅茶——

「請慢用，主人……」

「…………！」

湊差點就要興奮地大吼，但還是忍住了。

像瀨里奈這樣的美少女穿著古典長裙女僕裝，端上了紅茶。

而且就在瀨里奈走過來放下紅茶的瞬間，一股甜甜的香味便飄散開來。

瀨里奈身上沒有任何湊不曾看過的地方。

但即使是這樣的湊，也會僅僅因為一句輕聲細語的「主人」和甘甜的香氣而感到興奮。

別說是男生了，恐怕就連女生也會拜倒在這樣的服務之下吧。

「抱歉，這邊只能用茶包來泡紅茶。」

「沒、沒關係啦。要是用茶葉來泡就太麻煩了。」

湊在自己家裡享有讓瀨里奈為他以茶葉泡茶的特權。

但即使這裡的茶是茶包泡的，他也沒有任何怨言。

「嗯……好喝。」

「謝謝。」

更何況現場還有位黑色長髮美少女女僕在旁邊抱著托盤，伺候自己喝茶。

只要有這種服務的話——

「不妙啊，客人一定會蜂擁而至。不如我們設一個特別座位，讓瀨里奈單獨提供服務，這樣不是就有高級感，可以製造話題嗎？」

「湊同學，原來你這麼會算計啊……」

「當然啦，班上的營業額越高越好嘛。」

畢竟我在不知不覺間被推到校慶負責人的位置上了嘛——

湊早已意識到班上的活動不再與自己無關。

「……多謝招待。茶很好喝喔。」

「謝謝。」

瀨里奈輕輕拉起裙襬，優雅地行了一個禮。

「妳該不會以前就研究過那個行禮的動作了吧？」

「那、那個——抱歉，我在鏡子前練習過。讓你見笑了……」

瀨里奈紅著臉，輕輕點頭。

看來她對女僕的喜好是貨真價實的。

「哎呀，妳做得那麼到位，讓我不禁嚇了一跳。妳的接待做得很好喔。」

看著臉紅的女僕，湊感到一股奇妙的滿足感。

他深深地嘆了口氣，站了起來。

「這家店真不錯。我下次還會再來。」
「等等，阿湊！你該不會要走了吧？」
「怎、怎麼可能？我只是稍微有點滿足而已。」
「你滿足得也太快了吧！來這邊來這邊！」
葉月向湊招了招手，引導他走到教室前面四張併在一起的桌子旁。
就在湊坐到那個位子上之後——
「歡迎光臨，主人！您要點些什麼嗎？」
「菜單上不是只有紅茶嗎？」
「正式活動的時候會開放點餐，沒差啦。」
「…………」
葉月身高適中，腰部位置較高，腿也很長。
站著的她身穿迷你裙女僕裝。當湊坐下時，只見裙襬搖曳，大腿不時映入眼簾。
「不妙啊……」
「咦？什麼東西？」
葉月以誇張的大動作轉向了湊。
裙襬隨即翻得更高，讓白皙的大腿清晰可見。
「啊，沒有啦……就紅茶吧！」

「好的，主人！請您稍等！」

葉月露出微笑，又轉過身去走到講台那邊準備紅茶——應該說，是將瓶裝紅茶咕嘟咕嘟地倒進玻璃杯裡。

「讓您久等了，主人！這是冰紅茶！」

「………」

湊沒有說是要喝冰紅茶，葉月可能是因為覺得用茶包泡茶太麻煩了吧。

不過——湊對一點感到好奇。

桌子和窗簾雖然沒有裝飾，但在葉月那社交咖的陽光氣場之下，家具看起來似乎也閃閃地發著光。

只靠葉月那開朗的氣質和輕快的嗓音，就足以改變店裡的氣氛了。

而且——

「怎麼樣，阿湊——不對，主人！這是人家親手泡的冰紅茶喔！」

「妳還是一樣喜歡摧毀『親手製作』這個詞的概念啊。」

「有什麼關係嘛，只要是人家倒的茶，喝起來就會變得更美味吧。怎麼樣怎麼樣？」

葉月的身體沒意義地扭來扭去，每次的扭動都讓會裙襬飄起來。

由於女僕裝的裙子比制服的裙子還要短，看起來很危險。

「我說啊，葉月。穿那樣的裙子時動作不要太大比較好吧？」

「咦？這個嗎？啊，沒問題的。這次人家有做好準備。」
「…………」
葉月隨意地掀起了裙子。
她穿著一件帶有褶邊，應該稱之為襯裙的白色短褲。
「這是安全褲啦。為了搭配女僕裝，人家挑了一件稍微比較可愛的。」
「是、是這樣啊。」
雖然湊已經看過很多次葉月的內褲，但見到她掀起女僕裝的裙子，露出的還是沒見過的安全褲……
老實說，這實在讓人忍不住心跳加速。
「那個……那種色誘手段算不算作弊啊……？」
「唔～這件迷你裙也是人家店裡的賣點之一。沒什麼關係吧。」
什麼時候變成葉月的店了啊？
雖然湊這麼想著，眼睛卻無法從葉月露出的襯裙上移開。
「那麼，感想如何？人家的接待服務比較好對不對？」
「不對，妳還是太犯規了！如、如果要露內褲——」
瀨里奈站到湊的前面——
紅著臉，慢慢掀起她那長至腳踝的長裙——

「哇……」

有著花邊蕾絲的吊帶襪就這麼露了出來。

湊還是第一次看到瀨里奈穿這麼性感的東西。

瀨里奈臉更紅了，她繼續掀起裙子——露出白色的內褲。

「等一下，妳那樣也很色情啊，瑠伽！」

「還、還不是葵同學先的……」

「那、那人家就不露內褲，改成……！」

「葉、葉月……！」

葉月也站到瀨里奈旁邊，再次掀起她的迷你裙。

不僅如此，她甚至褪下襯裙——

「啊！」

「喂、喂！」

結果連下面穿著的黑色內褲也跟著襯裙一起被脫掉了。

看來是因為脫得太用力，不小心同時脫掉了兩件。

「看、看到了嗎？」

「反正我都已經看過很多次了……」

「這、這和露給你看是兩回事！」

葉月慌忙放下迷你裙，雙手按住裙襬。

然而她脫掉的襯裙和黑色內褲仍然跑出了裙子——

「那、那我也……這是只給主人的服務喔……」

「瀨、瀨里奈……！」

瀨里奈這次改用嘴叼著裙子。

她一隻手拉著白色內褲往下脫。

內褲慢慢滑落，已經看過好幾次——但每次看還是會讓人興奮起來的部分眼看著呼之欲出。

「還、還是算了！身為女僕不能做到這種程度！」

然而瀨里奈卻在最後關頭停下了脫內褲的手。

不過脫到一半反而更加撩人。

掀起的長裙、吊襪帶，還有半脫的內褲。

「……我們剛才在做什麼來著？」

「別、別忘了啊，阿湊。是要你在人家和瑠伽之間選一個啦。」

「那種說法有語病……是要在我和葵同學這兩種女僕中選一種……」

雖然湊覺得兩者差不多，他的目光卻無法從兩位美少女女僕身上移開。

葉月也緊緊按住迷你裙，但因為裙襬翻起，裙子長度又太短，黑色的內褲仍然隱約可見。

「是我們問你到底在做什麼才對吧。」

「說、說得也是……雖然平時的過程就是這樣，但穿著女僕裝就更讓人……」

葉月和瀨里奈也不時偷瞄著彼此的樣子。

兩人似乎比平時更加害羞，連耳朵都紅了。

帶著害羞的表情，露出內褲的兩位女僕實在是太色情了——

「欸，葉月、瀨里奈。」

「啊，來了。」

「來了呢……」

葉月和瀨里奈不愧是自己的朋友，她們似乎猜到了湊想說什麼。

「接、接下來你要我們露出胸罩——還有胸部吧。」

「這、這種服務……只會給湊同學喔。」

葉月和瀨里奈都敞開了女僕裝的前襟。

迷你裙女僕露出了黑色胸罩，長裙女僕則是露出白色胸罩。

「當主人的可以看女僕的胸罩裡面嗎？」

「欸～給朋友看是可以啦。」

「主人您覺得呢……？」

葉月和瀨里奈露出苦笑。
她們扯開胸罩，露出了可愛的乳頭。
敞開的女僕裝，依然露在外面的內褲。
還有漂亮的粉紅色乳頭。
湊齊這些要素後——
「……不行。」
「咦？不行？阿湊，你在說什麼？」
「有、有什麼地方讓你不滿意嗎？」
「我不能拿朋友互相比較。」
湊望著兩位女性朋友扮成的女僕，坦白了自己的心情。
是的，正因為湊是她們的朋友，他才會擔負起了終結兩人爭執的角色——
但是那個結果——不應該透過比較兩人而獲得。
即使朋友有先來後到之分，友情也不該有高低優劣之別。
至少對湊來說——
「對我來說，葉月和瀨里奈之間沒有誰比較好。不管是女僕咖啡廳的事，或是對妳們來說很重要的事。我都無法做出排名，宣布誰比較優秀。」
「你、你那樣說就玩不下去了嘛，阿湊。」

「即使如此，我就是希望湊能給我們排出順序，才會來拜託你的……」
「我知道。」
湊點了點頭，上前將兩位女僕抱向自己。
「哇，阿湊……！」
「呀啊，湊同學……！」
他一邊把兩人抱向自己，一邊分別用手直接揉捏著G罩杯和D罩杯的胸部。
那是最頂級的柔軟，最頂級的觸感。
「就像我無法對這兩對大小不同的胸部做出排名！」
「不對，人家覺得那是兩回事……」
「湊同學，你從剛才開始到底在說什麼……」
雖然她們嘴上這麼說，葉月和瀨里奈的眼神仍然陷入了恍惚。
被湊搓揉胸部，似乎讓她們逐漸感到興奮。
「我把你們兩個都當作朋友，不管是哪位朋友的胸部，對我來說都是很寶貴的──」
說到這裡，湊突然理解到了什麼。
「啊，對了……！」
「揉著我們的胸部是能讓你那麼吃驚的事嗎？」
「就像名偵探在不經意的對話中找到線索，察覺到真相那樣吧。」

雖然葉月和瀨里奈眼神迷離，但仍然對湊的行為感到傻眼。
但事實上——正如瀨里奈所說的。
「我意識到了。我想要和葉月做，也想和瀨里奈做……我兩個都想要。」
「你這話會不會說得太晚了？」
「但是，不只我一個人有過多的期望。」
「……湊同學？」
葉月和瀨里奈一臉茫然地看著湊。
「葉月不只想在校慶時開女僕咖啡店，還很享受和瀨里奈的對決。」
「咦？唔……算是沒錯吧？」
「瀨里奈一直很憧憬女僕，她想開的女僕咖啡店和葉月想開的完全不同。」
「是、是啊……不過因為我太過客氣，害葵同學生氣了……」
「但是，你們兩個**不只是那樣想**吧？」
「啊！」
「呀……！」
湊掀起葉月的迷你裙和瀨里奈的長裙，露出了黑色和白色的內衣。
「等、等一下！你還想繼續看內褲啊？」
「我還以為已經進入胸部的回合了……」

「不是啦。不對，我當然想看內褲，但想看的不只是我，妳們兩個不也是嗎？」

「咦……」

「那、那個是……」

葉月愣住了，瀨里奈也露出了有些驚訝的表情。

「更進一步來說，其實妳們兩個不就是想讓對方穿上自己正在穿的女僕裝嗎？葉月想讓瀨里奈穿，瀨里奈想讓葉月穿上和自己一樣的女僕裝。」

「哪、哪有那種事。人家才沒有……」

「……對不起。期使我是有一點點那樣的想法。」

瀨里奈偷瞄了葉月一眼後說道。

「之前我不只帶女僕的資料，還帶女僕裝去湊同學家——其實是抱著想讓葵同學穿看看的想法……但因為一直在猶豫，最後沒能說出口。」

「給，給人家穿？人家怎麼可能適合穿那麼清純的服裝……」

「絕對適合的！葵同學，妳的頭髮是棕色的，身材又和模特兒一樣高挑，而且臉蛋跟我不同，五官深邃，看起來很亮眼！比起日式氣質的我，妳更適合穿！迷你裙當然也很好看，但這種古典風格更適合妳！」

「等、等一下，等一下，瑠伽……！」

瀨里奈以彷彿要包住整隻手的方式握緊了葉月的手，眼神閃閃發亮地望著她。

看來，瀨里奈對於女僕的憧憬越來越深了──

她似乎無論如何都想要讓葉月穿上古典的長裙女僕裝。

「唔，唔……老實說，人家也很想讓瑠伽穿上迷你裙女僕裝啦～而且人家還想從下面偷看妳的內褲。」

「葉月，妳之前就經常那麼說呢……」

葉月以前曾說過她想偷看瀨里奈裙子裡的內褲。

她當時表示，即使是女孩子也會對其他女生的內褲有興趣。

「不管要我穿迷你裙或給妳看內褲都可以！所以，請讓我來設計葵同學的女僕裝吧！」

「妳、妳變得好強勢啊，瑠伽。完全……不再客氣了。」

「這不就是葉月妳想看到的嗎？」

「感覺方向有點不對……不過算了。如果瑠伽能別那麼客氣也是好事，況且還能看到瑠伽穿迷你裙女僕裝。」

「是啊。」

湊用力地點了點頭。

「我想看葉月穿長裙女僕裝，也想看瀨里奈穿迷你裙女僕裝！」

「最想看的人不就是湊嗎？」

「你比我還急呢，湊同學……」

葉月和瀨里奈真正期望的東西——**這個真相已經大白了**。

但比起那些真相，湊也有他自己的期望。

「總而言之——拜託妳們穿著女僕裝跟我做吧！」

「你的主題完全變了耶，阿湊……啊嗯。」

「湊、湊同學……是可以啦，但也不能不做出選擇啊……嗯♡」

葉月吻了吻湊，接著瀨里奈也貼上了她的唇。

湊和兩位女僕少女面對面，瘋狂地親吻。

於此同時，湊揉捏著兩人裸露的胸部，又把手伸進裙子裡——

「啊嗚，嗯……笨蛋……嗯嗯♡你也太喜歡女僕了……」

「嗯，裙子裡面……啊，那樣做的話……♡」

「都已經忍耐到這地步，我沒辦法再忍下去了……！」

湊吸吮葉月的乳頭，手則是在瀨里奈裙子裡動來動去，接著又吻上她們，三人交纏著彼此的舌頭。

「笨、笨蛋。真是的……才剛解決掉問題，你就馬上這樣……」

「不過，這或許就是我們的作風吧……♡」

湊與兩位美少女女僕激烈地需索著彼此的唇瓣，而且還將手伸進迷你裙和長裙之中，一邊撫摸著大腿，一邊把手往上滑。

然而，湊突然停下了手。

畢竟事情已經談出了結果，與其就這樣繼續做下去——

「真、真是的……這樣反而更讓人害羞耶……？」

「這、這尺寸實在有點不合適啊……」

五分鐘後——

暫時離開空教室的湊再次進門。

眼前所見的仍然是兩位女僕少女。

不過——

「哇……人家好像是第一次穿這麼長的裙子呢。」

「我也是第一次穿這麼短的裙子……葵同學，真虧妳穿得下去這種衣服呢……」

沒錯，葉月和瀨里奈交換了女僕裝。

葉月穿著長裙型的女僕裝，瀨里奈則是一副迷你裙型的女僕裝扮。

葉月還特別把頭髮編成了麻花辮。而瀨里奈解開了辮子，讓頭髮自然垂下。

「人家高了大概五公分，但還是穿得下呢……不過胸部果然會有點緊。」

「這件雖然不至於太鬆垮……但是這裙子的短度真的是……這、這樣內褲一不小心就會

被看到耶。」

「………」

葉月的衣服尺寸小了點，瀨里奈的則是尺寸大了點，但就像她們自己說的，看起來還是穿得下。

「嗯，妳們兩個穿成那樣也還是很合適喔。」

「真、真的嗎？這種端莊的服裝，我穿起來不會不合適嗎？」

「不，葵同學果然很適合穿古典款的女僕裝！」

葉月有點不知所措地提起裙子的下襬，瀨里奈則是眼睛閃閃發亮地注視著葉月。

看來比起穿迷你裙女僕裝而感到害羞，瀨里奈更加在意葉月的長裙女僕扮像。

「好，我決定了，還是兩種女僕咖啡廳風格都採用好了。把教室分成兩半，各自裝潢成英國風格和派對風格……不，分成上午和下午各用一種風格或許也不錯。這樣的話，裝潢就得做成容易更換的設計。拿板子之類的東西隔開一部分教室，裡面放替換用的窗簾、招牌之類的東西，這樣就能迅速改變擺設了。」

「那麼校慶當天就能看到葵同學穿長裙女僕裝嗎！湊同學，這主意真是太棒了！」

「喂喂，別丟下人家自己決定啦！」

「不行嗎？」

「不可以嗎？」

「……你、你們明明知道人家很難拒絕別人的要求，還一直靠過來！」

雖然葉月嘴上抱怨，但看起來沒有打算拒絕。

湊堅信這就是最佳的解決方案。

方法很簡單——如果拿捏不定女僕咖啡廳的風格方針，那就兩種都做。

「我想看到穿迷你裙和穿長裙的葉月，也想看到穿長裙和穿迷你裙的瀨里奈！」

「我完全ＯＫ。而且也可以給葵同學看這個……」

瀨里奈掀起迷你裙，讓葉月稍微看到一下內褲。

「不妙啊，瑠伽果然超級可愛的……不過我們這樣子感覺好白痴喔。」

雖然葉月偶爾會恢復理智，但瀨里奈穿著迷你裙的樣子仍然讓她非常滿足。

不管是葉月、瀨里奈，還是湊，他們都對現在情況相當滿意。

誰也沒有吃虧，這裡存在的只有快樂。

但是，這個三人——還有更多可做的事。

「好，對葉月和瀨里奈應該這樣說吧——我想看看穿長裙的葉月和穿迷你裙的瀨里奈的內褲！」

「你一開口就是這句喔！」

葉月犀利地吐槽，瀨里奈則是臉紅了。

「這、這樣……可以嗎……？」

瀨里奈雙手撐在桌上，將臀部對著湊。
只要稍微抬起屁股，就能看到迷你裙底下的白色內褲。
「因為太丟臉了，我不敢看湊同學的臉……請原諒我只能背對著你……」
「……………」
瀨里奈背對著湊，露出臀部的姿勢比轉過身更加撩人。
別說什麼原不原諒，這對湊來說都是賺到了。
從白色迷你裙望向白嫩又有彈性的臀部，再看到白色的內褲，這種畫面實在讓人無法抗拒。
「真是的……說起來，我們明明在比賽，怎麼會變成這樣啊？」
「葵同學，我……好像在湊同學和葵同學面前時，就不會有所顧忌了。」
瀨里奈揑著裙襬往上提，露出更多的臀部和內褲。
「因為我就是這樣的性格……可能沒辦法那麼快就能和葵同學變得無所不談……但是，和湊同學一起和葵同學玩的話，我覺得自己就能夠改變。這樣……可以嗎？」
瀨里奈一邊向湊露出她的內褲，一邊用希求的眼神看著葉月。
「啊，好啦好啦！人家以後也會更坦率一點！可是呢，瑠伽！」
「什麼事？」
「妳已經變了很多了吧。向男生擺出這麼色情的姿勢，還露出內褲。如果是人家在國中時認識的瑠伽，根本難以想像呢。」

「色、色情的姿勢……討厭啦……♡」

雖然嘴上說討厭，但瀨里奈還是繼續將臀部對著湊。

「不能只讓朋友做出那麼不要臉的事……阿湊，你也想看人家的吧。」

「是啊，把內褲露給我看吧，葉月。」

「真虧你每次都可以厚著臉皮地說出那種白痴的話耶，阿湊。」

葉月嘆了一口氣，然後慢慢地提起她的裙子。

健康的白皙大腿於是露了出來，還有穿在上面的黑色吊襪帶。

「這個是瑠伽備用的吊襪帶。人家是第一次穿這種東西喔。」

「妳好性感啊，葉月……」

「笨、笨蛋！」

葉月紅著臉低下了頭。

穿著瀨里奈的女僕裝，擺出和瀨里奈相同的提起裙子姿勢——露出黑色內褲的葉月，同樣也是無比性感。

「不管是迷你裙還是長裙，女僕裝果然都很棒。那麼這次的女僕咖啡廳，我決定不管是派對風格還是英國風格，兩邊都可以！」

「阿湊，你不會太貪心了嗎……？」

「校慶不是真的要做生意，而是讓大家玩一玩吧。那麼貪心一點又有什麼關係？」

「看吧，瑠伽。這就是湊壽也。妳要是學會他這種不知道要客氣的態度，個性很快就會改變喔。」

「不知道要客氣到這種程度就未免太噁心了……」

「瀨里奈？」

這種不像是溫柔的瀨里奈會說出的尖酸話讓湊吃了一驚。

「開玩笑的。」

「………」

瀨里奈吐了吐舌頭，這個舉動也完全不像她。

「啊，這樣很沒禮貌吧。但既然都這麼做了，我是不是應該……更沒禮貌一點比較好呢？」

瀨里奈手放在白色內褲上，慢慢地往下拉。

充滿彈性的臀部露出了一半——

「剩下的部分……湊同學想自己來脫吧？」

「是啊，我想脫。」

「真是坦率。」

葉月傻眼地又吐槽了一句。

「反正人家的舉止本來就很沒禮貌啦。一點也不適合英國風格的打扮，如果搞砸了，人家可不管喔。」

「葵同學很適合的……就是因為適合，湊同學才會這麼興奮。」

「阿湊不管看到什麼都很容易興奮吧。喔，這樣可以嗎？」

葉月無奈地說著，同時用一隻手高高掀起裙子。

接著，她慢慢地稍微褪下黑色的內褲。

「接、接下來的部分……你想自己來脫吧，阿湊？」

「是啊，我想脫。」

「你的回答和剛才一樣呢，湊同學……」

聽到那句話，瀨里奈也不禁有點傻眼，但湊已經停不下來了。

感覺整件事的主旨似乎大幅偏離了原來的方向，但又彷彿正走向原先預定的結果。

雖然湊無法確定是哪一種情況，但他認為自己是很認真的。

無論是對女僕咖啡廳的事，還是對調解兩位女性朋友的爭執。

「到頭來，我們兩個都沒辦法拒絕湊的拜託呢，瑠伽。」

「是啊，因為我喜歡湊同學嘛……」

「「咦？」」

湊和葉月不由自主地同時驚呼一聲。

瀨里奈的那句話太容易讓人想歪——就像一顆炸彈。

「我的女性朋友雖然不多，但還是有幾位……男性的朋友卻只有湊同學一個……我自己也很驚訝竟然會這麼喜歡你………」

「……原來是那個意思啊。」

「人家也嚇了一跳……」

湊和葉月對望一眼，不禁露出苦笑。

像瀨里奈如此才貌雙全的女孩怎麼可能會以異性的角度喜歡上自己呢？

湊真心地這麼認為，他覺得只要瀨里奈以朋友的角度喜歡他就已經夠了。

因此，他有句話非說不可。

「葉月、瀨里奈，我也喜歡妳們兩個。」

「咦！阿、阿湊，怎麼連你也在胡說八道！」

「湊同學……喜、喜歡的意思是……」

湊靠近了兩人——

他的手滑過仍然提著裙子的葉月與瀨里奈的大腿。

「啊………」

「呀啊……♡」

「所以，我想要和葉月與瀨里奈妳們兩個一直保持良好的關係。但是我們偶爾會吵架，偶爾會意見不合。**畢竟我們是朋友嘛**。」

到頭來，這次事件的起因，是瀨里奈對朋友太過客氣了。

而葉月無法接受瀨里奈對朋友過分客氣的行為。

但是，只要他們三個人像這樣開心地玩在一起，問題自然而然就能解決。

因為他們三人是朋友，彼此都互相喜歡對方。

「就算吵架也沒關係，要跟對方比個高下也可以。反正我和葉月與瀨里奈都有可能吵架嘛。」

「嗯……可能吧。畢竟你有時候太放肆了，阿湊。」

「有時候湊同學會不肯陪我們玩……」

兩位美少女同時狠狠瞪著湊。

「若是吵架了，我們三人就用這樣的方式——重新和好吧。只要是和葉月與瀨里奈，不管要做幾次，要做多久我都行。然後做著做著，吵架的事就會變得不重要了。」

「說得好像很好聽，但也只有你嚐到甜頭耶！」

「我、我也會……嚐到甜頭啦……」

「人家只是……因為太心軟，因為阿湊是朋友，才會答應你的要求喔！」

雖然葉月和瀨里奈的看法不同，但都願意讓湊為所欲為。

「所以關於女僕咖啡廳這件事，葉月想做的和瀨里奈想做的都同時進行吧。讓我們一起享受就行。」
「那只是阿湊想和我們兩個人做吧……」
「但是比起只有兩個人做……比起只有兩個人享受，三個人一起會更開心吧。我也想再看多一點葵同學穿清純女僕裝的樣子。」
「……人家也喜歡瑠伽穿著那套性感女僕裝的樣子喔？」
「嗯……」
葉月苦笑著回答，瀨里奈則是笑著點了點頭。
那是一張燦爛得前所未見的絕美笑容。
湊望著那副笑容——
「那麼妳們兩個就穿回內褲，給我看一看吧。啊，葉月妳也得把裙子掀起來喔。」
「這、這傢伙的要求真多……這、這樣可以嗎？」
「這件裙子這麼短，就算不掀起來也能看見吧……」
「妳們兩人的內褲果然很棒……總之呢，葉月、瀨里奈。」
湊在給兩人輕輕一吻之後——
「什、什麼啦♡」
「有什麼要求……儘管說喔♡」
「麻煩穿著內褲讓我做一次，脫一半後再來一次……然後再換上女僕裝各來兩次吧！」

「就說你太貪心啦！」

葉月一邊抱怨，一邊坐到了桌子上。

「先穿著內褲做嗎？真是的……是可以啦，但至少吻一下人家吧。」

「啊，對了。湊同學，可以請你稍微等一下嗎？」

「嗯？」

瀨里奈靠向了桌子上的葉月——

「嗯……♡」

「嗯嗯！」

啾……她吻了葉月一下。

「喂喂，瑠伽，妳在做什麼？」

「這、這是和好用的吻……朋友之間接個吻……沒什麼問題吧？」

「是可以啦，但也要讓我參一腳。」

「……仔細想想，我們三個人已經接很多次吻了。人家還在驚訝什麼呢？」

葉月似乎對自己的反應感到傻眼。

不過，這可能是她第一次體驗兩個女孩之間的吻。

湊雖然沒有喜歡百合的興趣，但還是有點心跳加速。

不對，或許不只是「有點」的程度了。

「接下來請妳們再接一次吻……然後讓我加進去。」
「這傢伙竟然找到新的玩法！啊好啦，人家也喜歡你們這些嘛！」
「好的♡」
瀨里奈也點了點頭，輕輕吻了葉月一下。
湊則是抱住葉月的肩膀和瀨里奈的腰，伸出舌頭，像在舔舐兩人的嘴唇般吻著她們。隨後三人的舌頭便交纏在一起。
「這樣看來，只做四次不夠呢……」
「阿湊啊，一個人四次的話，總共是八次喔。」
「光是那樣可能也沒辦法讓我停下來。」
「真的嗎？你這傢伙真是精力用不完耶！」
「為了和好……要我做幾次都可以喔♡」
瀨里奈這次輕輕地吻了湊的嘴唇。
雖然他們和好的方法相當奇怪，但或許非常適合湊和他的兩位女性朋友。
湊擁抱著兩位少女的纖細身軀，品嚐著她們的唇——
並且深深感受到，朋友之間的和睦是最重要的。

# 尾聲

校慶當天——

室宮高中迎來了許多客人，場面熱鬧非凡。

「歡迎回來，主人！」

「歡迎回來，主人……」

湊他們班的女僕咖啡廳在教室的前後各有一個裝飾風格不同的入口。

前面的入口擺著粉紅色的招牌，有兩位迷你裙女僕在那裡負責拉客與帶客人。

後面的入口立著一塊木製板子，上面用毛筆直白地寫著「女僕咖啡廳」幾個字，而且筆跡還特別地工整。

那裡則是站著兩位臉上掛著微笑的長裙女僕。

前後入口的氛圍截然不同，客人可以根據自己的喜好選擇入店。

進入店裡時，從前門進入會有打扮花俏的辣妹，後門則是舉止文靜的淑女迎接客人。

一眼就能看出是典型辣妹的葉月穿著迷你裙女僕裝，清純的瀨里奈則穿著長裙女僕裝。

這樣的搭配雖然預料之中，反應卻出奇地好。

Onna Tomodachi ha Tanomeba Igai to Yaraseте Kureru

「沒想到會有這麼多客人……」

湊喃喃說著。

他站在離教室稍遠的走廊上。

不過他並不是在偷懶，而是雙手高舉臨時製作的「排隊處」板子，站在長長隊伍的最後面。

女僕咖啡廳的客人數量超出了預期。

如果不派出工作人員來整理隊伍，就會干擾到其他班級。

因此，原本負責幕後工作的幾位男生就被派出來負責整理隊伍。

湊並非身著校服，而是穿著白襯衫、黑色領帶、黑色背心和黑色長褲。

男生們也都穿著以像女僕裝那樣以白色和黑色為主的服裝，以便在需要時也能加入接待工作。

順帶一提，這套優雅的服裝是瀨里奈以男性僕役為靈感挑選的。

「不好意思，排隊的請往這邊來。啊，那邊的同學，請不要擠出隊伍，麻煩排成一直線！」

湊從剛才就一直大聲喊著，同時整理著隊伍，確保沒有混亂。

如果隊伍擋住了走廊會被其他班的人罵，所以整隊是非常重要的。

「喂～小湊，狀況還好嗎？」

「啊，穗波。」

穿著迷你裙女僕裝的穗波跑了過來。

她手裡拿著一瓶運動飲料。

「這個給你，要記得補充水分喔。」

「喔，太感謝了。」

即使現在是十一月，湊也因為校內的高昂氣氛流了不少汗。

但因為還在負責整理隊伍不能離開，即使口渴也脫不了身，讓湊傷透了腦筋。

「啊，麻煩各位再等一下喔。」

穗波一邊輕快地跳著舞，一邊對排隊的客人們露出燦爛的笑容。

那是以舞蹈和笑容招待排隊客人的服務。

特別是男性客人看到穗波的笑容和隨風搖曳的迷你裙，都露出了滿足的表情。

「只有小湊一個人整理隊伍真的很辛苦呢。我來幫你一下吧。」

「喔，真是太感謝了。」

校內已經流傳著「店內的女僕超級可愛」、「裡面還有兩位特別漂亮的美少女」這樣的傳聞，情報已經在社群網站之類的地方瘋傳起來。

雖然湊懷疑這些消息搞不好是葉月自己放出去的……

至少可以確定的是，葉月的小團體正在積極推銷她們的頭頭。

「不好意思～請各位再往走廊牆壁上靠一點～我知道大家等得很辛苦，但還請配合一下喔～」

不愧是社交咖，穗波毫不怯場地扛起接待工作。

大部分的客人都是為了女高中生女僕而來，只要在排隊的時候能得到接待，他們應該就不會半途離開了。

「這樣看來，要拿到投票第一名應該沒問題了。」

「唔～我們這裡有葵和小瑠伽在，從一開始就贏定啦。」

「……穗波也很吸睛喔。」

「喔～小湊，你真會說話呢。」

穗波開心地笑了起來。

事實上，若是金髮褐膚的穗波站在外面，絕對可以吸引到更多顧客。

「啊，小湊。」

「嗯？」

穗波靠近了湊，在他耳邊低聲說道：

「……下次你如果想拜託我，我可以陪你玩更棒的遊戲喔。就當作是謝謝你讓葵和小瑠伽和好的獎勵♡」

「不用等到下次，我今天就想拜託妳了。畢竟今天只有要穗波給我看內褲，還有讓我幫妳穿上安全褲而已。」

「討厭啦……」

穗波的臉紅了起來。

「想看內褲的男生有那麼多，但想幫忙穿上安全褲的人我還是第一次見到。而且你幫我穿上之後就脫掉，開始仔細欣賞起內褲。」

「哎，都是因為我安全褲看著看著就忍不住……」

「好色喔♡那麼……下次要不要脫脫看內褲？」

穗波咧嘴一笑，隨後又開始向排隊的客人吆喝。

由於客人在排隊時很容易不耐煩，穗波來幫忙緩和氣氛著實幫了大忙。

「啊，對了。差不多該提醒了。穗波，可以拿一下嗎？」

湊將隊伍尾巴的板子交給穗波，然後走進教室。

前面是絢麗的粉色和紅色裝飾。

後面則是古典風格的桌巾和窗簾。

雖然前後兩側的氛圍截然不同，卻意外地沒有突兀的感覺。

「喂，葉月、瀨里奈。」

葉月和瀨里奈剛好結束接待工作，離開了桌邊。

湊喊了兩位朋友一聲，把她們拉到教室的角落。

「差不多要換人了。葉月和瀨里奈妳們先去換衣服吧。」

「是是，實在有夠忙的。」

「真、真的要在大家面前穿那個嗎……」

按照安排，接下來是葉月換上長裙，瀨里奈換上迷你裙。

在這次的女僕咖啡廳活動中互換女僕裝是湊提出的主意，並且得到葉月和瀨里奈的支持，因此班上很快就達成了共識。

況且互換女僕裝也有利於回頭客，於是——

大家就決定找個適合的時間讓辣妹們穿上長裙，資優生們穿上迷你裙。

女生們幾乎沒有反對意見，她們也都很樂意嘗試兩種不同的女僕裝。

「其實我本來是希望只有我能看到葉月妳們的女僕裝啦。」

「阿湊，你的占有慾真的很強呢……」

「我覺得被你獨占也是可以啦……」

「不過……反正能看內褲，吸胸部……還可以上床的只有我。就忍耐一下吧。」

「說什麼忍耐。你這傢伙到底有多享受啊？」

葉月輕輕撞了湊一下肩膀，然後快步離去。

他們班拿了另一間教室當成女生的更衣室。

「啊，等等我，葵同學。」

「喔，瀨里奈也快點。要是妳們兩個不在，客人們會暴動的。」

「哪有那種事……」

瀨里奈停下腳步，苦笑著說。

「不過，我真的很開心呢。以前的我聽到女僕咖啡廳時可能只會躲起來不敢上場。這都是……湊同學的功勞喔……」

「是葉月的功勞啦。有了她的帶領，我們大家才能玩得這麼開心。」

「但帶著葵同學向前走的，是湊同學喔。」

瀨里奈看了看四周，然後緊緊地握了一下湊的手。

接著她很快地放開手，追著葉月跑出教室。

剛才的那個握手是什麼意思——

湊不禁握了握被瀨里奈握過的手。

他決定不再深究這點。

瀨里奈瑠伽和葉月葵一樣，都是湊重要的女性朋友。

現在這樣就已經夠了——不對，可能太過頭了。

就這樣，女僕咖啡廳在這場校慶裡大受歡迎，飲料和食物瞬間便賣光了——

「啊——總算結束啦！」

「說是這樣說，不過結束的時間比預定還要早一個小時耶……」

「我們還稍微在冰紅茶裡多加了點水呢。」

三個人聚集在之前的那個空教室。

最辛苦的葉月和瀨里奈被免除了收拾工作，與忙完幕後工作的湊一起在這裡休息。

葉月穿著長裙女僕裝，瀨里奈穿著短裙女僕裝，現在還穿著那樣。

「偶爾穿長裙也不錯呢。下次去買一件吧。對了，瑠伽可以來幫人家挑嗎？」

「葵同學的服裝品味比我更好喔。不過我也想幫忙。我、我穿便服時偶爾也想穿穿短裙……」

「便服就讓人家來選吧！瑠伽的腿很長，一定很適合！」

「還、還請手下留情……不過我很期待！」

「…………」

兩個女孩嘻嘻哈哈地有說有笑。

不過湊顯然無法加入女孩們的服裝話題。

「喂，阿湊。你別一副跟你無關的樣子啦。」

「咦？難道我得陪妳們兩個去逛街？」

「就是這樣。總得有人幫忙拿東西吧。」

「東西我自己會拿……不過聽聽男生的意見或許也不錯。」

「啊——不行不行。男高中生的穿衣品味根本不夠可靠。」

葉月嘻嘻笑著揮了揮手。

因為她說的完全正確，湊只能無奈地苦笑一聲，無法反駁。

「不過，內褲倒是可以讓你選。湊覺得哪件夠色，就買給你。」

「啊，我也……買一件色色的內褲吧。」

「回家後首先得讓我看看就是了。」

「喔～你不是一回到家就要人家脫掉嗎？」

「湊同學應該是會讓人脫一半吧……」

葉月紅著臉瞪了湊一眼，瀨里奈也害羞地低下了頭。

「不過如果太色情，可不是做一兩次就能了事的喔。」

「是你的話，就算穿便利商店買的內褲，也不可能只做一次吧。」

「那麼……我們乾脆去買能讓湊同學想做五六次的……那種內褲吧？」

「好主意，瑠伽。我們來比賽看誰能讓湊更興奮，他和誰做的次數比較多吧。」

「…………」

看來葉月和瀨里奈已經開始享受競爭的樂趣了。

有句話是「吵架是感情好的證明」，看來說得沒錯。

「或許偶爾吵一吵架也是好事……」
「怎麼了，阿湊？你想跟人家打架嗎？」
「我怎麼可能贏嘛。」
在某些情況下，湊可能連比腕力都會輸。
「如果對手是瀨里奈，我絕對會輸。我才不會去打贏不了的架。」
「我不會跟人打架喔……大家多多和平相處吧。人與人相處融洽總是好事。」
「既然妳都那麼說，那就不用客氣也不用隱瞞了。就算你們和小麥走得近，人家也不介意。」
「「咦！」」
湊和瀨里奈同時驚訝地叫了一聲。
「怎麼了？你們以為人家沒發現嗎？人家和小麥她們的關係比以前更好了。小麥那傢伙不是上傳了些奇怪的照片嗎？那完全就是阿湊的視角嘛。」
「我的視角是什麼東西啊……」
葉月似乎早已掌握了朋友的社交網站帳號。
湊作夢也想不到會因為自己拍的照片而被發現。
「而且人家也注意到瑠伽和小麥越走越近。畢竟人家好歹是小團體的頭頭嘛。小麥還偶爾會提起瑠伽，這些人家都知道的。」

「對、對不起。我只是怕湊同學的女性朋友增加了，不知道葵同學會怎麼想……」

「妳想太多啦～人家只會覺得原來自己的朋友也是阿湊的朋友而已。不過給看內褲就……咦，等等，該不會你和小麥也……」

「等、等一下。那種事還沒有做，現在只是要她給看內褲和胸部的程度而已啦！」

「一般人可不會要別人給自己看內褲和胸部的啦！這樣看來，要是你拜託小麥，她可能就會答應讓你上了……畢竟那傢伙很好騙嘛。人家都不知道你們已經到這種程度了。」

「……原來如此，她會答應啊？」

「喂，別急著就想增加肯讓你上的女性朋友喔。要增加是可以……但如果給我們的次數減少了，人家會真的生氣的。」

「沒、沒問題的。現在的次數還是能繼續增加啦。」

「會、會增加啊……謝謝。」

「妳道什麼謝啊！瑠伽，是我們在給湊提供服務，妳不需要說謝謝！」

「喔，這樣啊。不過……要不要我們現在就來增加次數試試看……？」

瀨里奈掀起了她的女僕裝短裙。

在裙子底下的是——

「咦，運動短褲？瀨里奈，為什麼……？」

「今天需要穿安全褲。但我想等會要給湊同學看……所以就穿了運動短褲。其實我還穿

了另外一件。怎麼樣……？」

「太棒了。可以移開一點，稍微露出內褲嗎？」

「這、這樣可以嗎……？」

瀨里奈一手掀著裙子，另一隻手移開運動短褲，微微露出裡面的白色內褲。

「喔，果然還是露出褲子的內褲最棒了。那件運動短褲等一下可以也給我嗎？」

「為、為什麼你那麼想要運動短褲啊？」

「他之前也拿過嗎？這個男的真的是不知道什麼叫客氣，雖然某種意義上來說，瑠伽對阿湊也是不會客氣呢……」

葉月無奈地嘆了口氣。

「反正你也會看人家的對吧？這裡沒有人會來……要不要和人家與瑠伽各來一次？」

「應該可以各來兩次吧。」

葉月掀起她的長裙，露出了黑色的內褲。

或許是因為穿著長裙不擔心被看見，她沒有穿安全褲。

只要拜託她們就會讓你看內褲——甚至還能讓自己上的兩位女性朋友。

湊壽也與葉月葵、瀨里奈瑠伽。

即使三人吵架了，也能透過這樣的祕密遊戲，一次又一次地重歸舊好吧。

「哇，阿湊。喂！不要那麼猴急嘛。」

「呀啊……我、我沒問題喔。」

湊抱緊露出內褲的兩位女性朋友。

他暗自祈禱著，但願這份奇異的友情能夠長長久久地持續下去——

# 後記

大家好，我是鏡遊。

上一集是六年後的回歸，這一集則是睽違四個月的再見（註：此指日本出版進度）。實在是太快了。

而且讓我驚訝的是，第一集開賣後就立刻再版了。這都是多虧了大家的支持，真的非常感謝各位！

不過最讓我吃驚的是第一集發售後不久，我在連載「女性朋友」的投稿網站「カクヨム」上收到了站方的警告，對方說「這部作品太過色情了，如果不修正就會被刪除了喔～」（意譯）。

這不是在抱怨カクヨム，是發表了會觸犯規定的危險作品的我不對……

我作夢也沒想到第一集發售後就立刻收到警告，真的吃了一驚。

カクヨム版可以當成書籍版的宣傳，所以不能被刪除，於是我急忙進行了修正。

後來修正版順利得到了カクヨム運營方的許可。不過書籍版仍然使用修正前的版本。

即使如此，第二集仍然做了比第一集幅度更大的修正。

雖然劇情是以カクヨム上的「第二季」為基礎，但是登場角色等地方都有所不同，カクヨム版的原文大概只用了三、四成。

這本第二集是「瀨里奈篇」，但カクヨム版的第二季故事並不是以瀨里奈為主。而是以沒有在書籍版登場的另一位女性朋友為核心角色。

難得的書籍化，難得出版到第二集，於是我就想要特別加重在カクヨム上很受歡迎的瀨里奈的戲份。

大家都喜歡黑長髮的清純美少女吧？我就很喜歡。

乍看之下很認真，實際上卻是最瘋……該說是有點神祕的女孩瀨里奈。她對色情事物也很積極，人氣高是理所當然的。

故事裡充滿了瀨里奈的女僕裝扮，希望大家能看得開心。

倘若能出第三集，到時候戲分被可憐地刪除的那個女主角也許會復活。或者說，我想讓她復活。她的性格和角色可能有所改變，應該會改得更為色得可愛。

所以也希望大家能繼續支持這些女主角。

由「ろくろ老師」執筆的漫畫版目前也正在ComicNewtype網站上連載！
這部漫畫以全新的形式描繪出葉月她們的可愛和性感，也請大家多多支持！

小森くづゆ老師，感謝您繼第一集後繼續提供美麗的插圖！
葉月和瀨里奈都被畫得既色情又可愛，亮眼的穗波麥也在辣妹味與可愛之間取得完美的平衡！真的是太好了！

被我麻煩到的責任編輯、編輯部的各位，實在很感謝你們。
謝謝對參與本書銷售與流通的所有人士。
除此之外，我還要對於書籍版與カクヨム版的讀者致上最大的謝意！
希望未來還能再次見面。

二〇二二年夏　鏡遊

## 身為VTuber的我因為忘記關台而成了傳說 1~6 待續

Kadokawa Fantastic Novels

作者：七斗七　插畫：塩かずのこ

### 衝擊的VTuber喜劇，
### 傳說與傳說硬碰硬的第六集！

在「三期生一週年又一個月紀念直播」完美落幕後，傳說級的VTuber「星乃瑪娜」居然邀請淡雪參加她的畢業直播！眼見要與尊敬的Ｖ進行合作，淡雪在感到緊張之餘也決定全力以赴。在這段過程中，淡雪因為微不足道的契機而面對起自己的「家人」──

各 **NT$200~220/HK$67~73**

# 在地鐵拯救美少女後默默離去的我，成了舉國知名的英雄。1~2 待續

Kadokawa Fantastic Novels

作者：水戸前カルヤ　插畫：ひげ猫

## 濫好人英雄的學園戀愛喜劇，愛情發展也很火熱的運動會篇揭開序幕！

雛海不知道自己的救命恩人正是涼，就這樣與他慢慢地加深感情。而時值眾人正在準備與他校聯合舉辦的運動會，名叫草柳的男人突然現身表示：「那天的英雄就是我。」得知草柳以恩人之姿積極接近雛海的卑劣目的後，涼為了保護她而在背地裡展開行動……

各 NT$260/HK$87

## 一點都不想相親的我設下高門檻條件，結果同班同學成了婚約對象!? 1~7 待續

Kadokawa Fantastic Novels

作者：櫻木櫻　插畫：clear

**隨著關係變得更加親密而來的是——**
**假戲成真的甜蜜戀愛喜劇，獻上第七幕。**

愛理沙與由弦在耶誕節造訪遊樂園，享受兩天一夜的約會。除夕一起煮跨年蕎麥麵。新年共同前往神社參拜——度過了許多甜蜜愉快的時間。而一個月後的情人節，由弦滿心期待收到愛理沙的手作巧克力，結果在學校的鞋箱裡發現一個繫著可愛緞帶的盒子……

各 NT$220~250/HK$73~83

## 轉生為故事的黑幕～以進化魔劍和遊戲知識傲視群倫～ 1~2 待續

作者：結城涼　插畫：なかむら

**「我的劍就是為了這種時候存在的。所以──」**
**連的故事，又有了重大的變化──！**

和聖女莉希亞與其父克勞賽爾男爵談過之後，連決定暫時留在男爵宅邸，一邊處理男爵家的工作，同時一邊在公會當冒險者發揮本領。而為了協助男爵家，他在莉希亞的目送下前往某處，邂逅了一位意料之外的少女。她和掌握故事重要關鍵的人物有關……？

各 NT$260~300/HK$87~100

豬肝記得煮熟再吃
（第7次）
逆井卓馬
Author: TAKUMA SAKAI
[插畫] 遠坂あさぎ
Heat the pig liver
Kadokawa Fantastic Novels

## 繼母的拖油瓶是我的前女友 1~10 待續

Kadokawa Fantastic Novels

作者：紙城境介　插畫：たかやKi

**「我想……再獨占你一下下，好不好？」**
**復合的兩人展開同住一個屋簷下的全新日常！**

再次成為情侶的結女與水斗談起了祕密戀愛，同時卻也對這種無法跨越「一家人」界線的環境感到焦急難耐。沒想到雙親決定在結婚紀念日來個遲來的蜜月旅行……但主動開口不就是輸了？帶著羞怯與自尊，這場毅力之戰會是誰輸誰贏？

各 **NT$220~270/HK$73~90**

# 義妹生活 1~8 待續

Kadokawa Fantastic Novels

作者：三河ごーすと　插畫：Hiten

**「就算在教室，**
**我也想和你說更多話、想要離你更近。」**

　　隨著升上三年級，悠太與沙季迎來重大的變化。重新分班讓兩人展開了在同一間教室的生活，逐漸逼近的大考與還沒抓到方向的未來藍圖，令他們不知所措。一直以來都在緩緩縮短距離的兩人，為了重新審視彼此之間過於親近的關係而「磨合」，不過——？

各 **NT$200~220/HK$67~73**

# 青春與惡魔 1~2 待續

Kadokawa Fantastic Novels

作者：池田明季哉　插畫：ゆーFOU

**倘若懷抱絕對無法實現的願望……**
**真的還有辦法驅除惡魔嗎？**

某天，突然不來學校上課的三雨向有葉商量起心事。當她脫掉帽子後，蹦出來的——竟是一對長長的兔子耳朵？為了驅除附身在三雨身上的惡魔，有葉與她一同行動，並得知她藏在心底的心意。與此同時，衣緒花和有葉之間也產生了若有似無的隔閡——

各 **NT$220~240/HK$73~80**

# 砂上的微小幸福

Kadokawa Fantastic Novels

作者：枯野瑛　插畫：みすみ

**「邪惡的怪物應該消失。你的願望並沒有錯喔。」**
**這是某個生命活了五天的故事——**

商業間諜江間宗史因任務而與女大生真倉沙希未重逢，卻被捲入破壞行動。祕密研究的未知細胞救了瀕死的沙希未。名喚「阿爾吉儂」的存在寄生於其體內，以傷勢痊癒後歸還身體前的期間為條件，與宗史生活在同一屋簷下……

**NT$270/HK$90**

## 藥師少女的獨語 1~12 待續

Kadokawa Fantastic Novels

作者：日向夏　插畫：しのとうこ

**雀的真面目終於即將揭曉。但是……**
**貓貓究竟是否能夠平安返回中央？**

西都的戰端以玉鶯意外遇刺而迴避，卻陷入群龍無首的困境，壬氏只得不情不願地處理當地政務。某天，有人請託壬氏教導玉鶯的兒子們學習西都政事，誰知其長子鴟梟卻是個無賴漢。而其餘二人也從未受過繼承人的教育，令貓貓大感頭疼。然而——

各 **NT$220~300/HK$75~100**

國家圖書館出版品預行編目資料

我的女性朋友意外地有求必應/鏡遊作；Shaunten 譯. -- 初版. -- 臺北市：臺灣角川股份有限公司, 2024.05-

冊；　公分

譯自：女友達は頼めば意外とヤらせてくれる

ISBN 978-626-378-927-2(第2冊：平裝)

861.57　　113003077

Kadokawa
Fantastic
Novels

# 我的女性朋友意外地有求必應 2

(原著名：女友達は頼めば意外とヤらせてくれる 2)

2024年5月8日　初版第1刷發行

作　者：鏡遊
插　畫：小森くづゆ
譯　者：Shaunten

發 行 人：台灣角川股份有限公司
總　監：呂慧君
總 編 輯：蔡佩芬
主　編：林秀儒
編　輯：邱璦萱
設計指導：陳晞叡
美術設計：郭虹吟
印　務：李明修（主任）、張加恩（主任）、張凱棋、潘尚琪

發 行 所：台灣角川股份有限公司
地　址：104台北市中山區松江路223號3樓
電　話：（02）2515-3000
傳　真：（02）2515-0033
網　址：www.kadokawa.com.tw
劃撥帳戶：台灣角川股份有限公司
劃撥帳號：19487412
法律顧問：有澤法律事務所
製　版：巨茂科技印刷有限公司
ISBN：978-626-378-927-2